내가
잘 지내면
좋겠어요

내가 잘 지내면 좋겠어요

끝나지 않은 마음 성장기

에린남 글·그림

상상출판

✉

당신의 하루가

별일 없이

특별하기를 바랍니다.

프롤로그

나에게 상냥하지만은 않은 세상에서

세상이 내 마음대로만 된다면 얼마나 좋을까? 하지만 세상은 호락호락하지 않고, 나에게 상냥하지도 않다. 나를 매번 시험에 들게 하고 실패를 맛보게 하고 좌절하게 만들다가 작은 기쁨 하나를 던져준다. 무엇이든 쉽게 얻을 수 없도록 여기저기에 장치를 잔뜩 심어둔 지독한 게임 같아 얄미웠다. 그런 세상에서 30년을 넘게 살았다. 살아가는 날이 길어질수록 세상은 더 야박하고 팍팍하게 느껴졌다. 딱히 달라질 기미가 보이지도 않으면서 벗어날 수도 없었다. 그렇다면 내가 달라져야 했다. 나라도 달라지면 세상이 조금 다르게 보이지 않을까? 약간의 기대감을 품고야 말았다.

'기분이 어때? 어떤 생각을 했어? 어떻게 하고 싶어?' 하루도 빠짐없이 나에게 물었다. 그 물음에 답을 하는 것에 집중했다. 때로는 빠르게 답을 얻었지만, 왕왕 긴 시간이 걸렸다. 질문에 대한 답을 찾으면 다른 질문을 찾아 다시 물었다. '왜 그런 기분이 들었을까? 왜 그런 생각을 했을까? 왜 그렇게 하기로 했을까?' 답을 하기 위해 내가 마주했던 순간들을 다시 떠올렸다. 이유를 찾는 과정에서 나를 알게 되었다. 다른 것에 정신이 팔려 제대로 마주하지 못했던 내 진짜 마음을 발견했다.

지난 몇 년간 나에게 묻고 답하는 시간을 보냈다. 내 마음대로 되지도, 상냥하지도 않은 세상에서 조금이라도 좋은 인생을 가지면 좋겠다는 바람이었다. 노력이 통한 걸까? 다행히도 그 목적을 이뤄가고 있다. 그 과정에서 바쁘고 보람찬 시간을 보내고 있다. 이 책에는 내가 세상을 살아가며 마주했던 수많은 순간이 담겨 있다. 내 삶을 위해 어떤 선택을 하고, 어떤 마음을 먹고, 어떤 태도를 보였는지에 관한 이야기를 썼다. 그리고 그것들을 잃어버리지 않기 위해 자주 꺼내 읽겠다는 마음으로 썼다. 세상이 상냥하지 않지만 그래도 좋은 순간을 찾아낼 수 있다는 기대를 품게 하는 책이 되면 좋겠다. 나에게도, 어느 누군가에게도.✎

차례

2장 있는 그대로 있기

3장 한창 방황할 나이

4장 해보겠습니다

1장

나는 되어가는 중이야

산뜻하고
경쾌하게

어느 날이었다. 느닷없이 당장 써 놓지 않으면 영영 잃어버릴 것 같은 말이 머릿속에 박혔다. 그 말이 사라지기라도 할 것 같아서 서둘러 종이 한가운데에 크게 적었다.

산뜻하고, 경쾌하게.

홀린 듯이 종이를 가만히 보다가 글자를 읽는데 이상한 기분이 들었다. 특별할 것 하나 없는 평범한 말인데 왜 마음이 가벼워지는 것일까? 그 말이 가진 분위기가 좋았다. 입 밖으로 뱉어내는 순간 주변의 공기가 달라지는 것을 느낄 수 있었다. 말에는 힘이 있다고 하던데, 그 의미를 그날 제대로 알게 되었다.

좋은 기분을 자주 느끼고 싶은 것은 인간이라면 자연스레 가지게 되는 본능이었다. 나는 종이에 써둔 문장을 매일 소리 내어 읽기로 했다. 매일 다짐처럼 내게 말해주고자 그 종이를 가장 많은 시간을 보내는 곳의 왼쪽 벽면에 붙였다. 고개를 살짝만 돌려도 '산뜻하고, 경쾌하게'가 보였다.

의도한 것은 아니었지만 머리가 복잡해질 때면 가만히 종이를 바라보게 되었다. 눈에 보이는 글자를 천천히 따라 읽는 것만으로도 머리가 가벼워졌다. 마음이 시끄러울 때도, 일이 잘 풀리지 않을 때도 마찬가지였다. 실제로 입 밖으로 읊조리거나 머릿속으로 몇 번이고 반복해 되뇌기도 했다. 고작 그것뿐이었는데 그 말은 때때로 나에게 해결책이 되었다. 가야 할 방향을 알려주었다.

선택의 기로 앞에서 너무 깊게만 생각하지 않았던 것뿐이었다. 산뜻하고 경쾌하게 내린 결정이 나에게 더 이로울 때가 많았다. 오래 생각한다고 더 나은 결정을 하게 되는 것은 아니었다. 산뜻하고 경쾌한 마음으로 가볍게 선택하면 스트레스에서 더 자유로워졌다. 어렵지 않게 고민이 해결되는 기분이 들었다.

이유 없이 혼란으로 마음이 엉망이 되거나 탁해질 때도 이 말을 떠올렸다. 그러면 신기하게도 마음속에 커다란 창문이 생긴 듯 상쾌한 바람이 불어 들어왔다. 의지와 다르게 엉망이 된 마음이 금세 정돈되었다.

시간이 흐른 뒤 벽에 붙여둔 종이는 힘없이 바닥으로 떨어졌다. 하지만 다시 붙이지 않기로 했다. 바라보지 않아도, 소리 내어 읽지 않아도 나는 언제든지 산뜻하고 경쾌하게 선택할 수 있는 사람이 되었다. 게다가 이 말은 지난 몇 년간 풀지 못한 숙제처럼 나를 무겁게 만든 질문에도 답할 수 있게 했다.

"어떻게 살고 싶어?"

자신에게 자주 물었다. 그 답을 찾게 되면 살아가는 길에서 덜 헤매게 될 것 같았다. 지금까진 그 질문에 대한 해답을 찾지 못했으므로 입을 꾹 다물 수밖에 없었다. 하지만 이제는 주저하지 않고 답한다.

"산뜻하고 경쾌하게 살고 싶어!"

#요즘 나는

요즘 나는 이렇게 살고 있다

모든 걸 포기한 뒤에 하게 된 일

애니메이션을 만드는 사람이 되고 싶었다. 그게 내 오랜 꿈이었다. 그런데 서른두 살의 어느 날, 나는 꿈을 포기하기로 했다. 여러 이유가 있었다. 애니메이션을 만드는 일이 나와 잘 맞지 않았고 딱히 재밌지 않았으며 큰 재능도 없었다. 이 밖에도 이유를 더 많이 찾을 수 있지만, 더 말했다가는 스스로에게 행사하는 팩트 폭행에 슬퍼질 것 같으니 여기까지만 하겠다.

꿈을 포기하는 결정이 쉽지만은 않았다. 그러나 나는 그 순간이 꿈을 내려둘 좋은 기회 같았다. 이루기 전에 그만두는 편이 내게는 더 좋을지도 모르니까. 포기를 기회라 여기며 긴 시간 함께했던 꿈을 정리했다.

대신 오랜 시간 자리를 차지하고 있던 꿈 때문에 내 근처에 얼씬거리지도 못한 다른 가능성을 살폈다. 전에는 해보지 않았던 새로운 일을 떠올리기로 했다. 그게 무엇이든 하고 싶으면 가벼운 마음으로 시작하자는 다짐이었다.

새로운 무언가가 나에게 찾아오기를 바라면서 하루가 멀다시피 앉아 있던 책상에는 얼씬도 하지 않았다. 그저 시간을 흘려보냈다. 영화를 보고 책을 읽고 재밌는 예능 프로그램을 봤다. 집안일을 하고 남편과 시간을 보내면서 내 마음이 건네는 소리를 들으려 애썼다. 스스로에게 하고 싶어지는 것이 있으면 말만 하라는 태도를 보이면서도 한동안 무언가 하고픈 의욕이 한 방울도 생기지 않았다.

일주일쯤 지났을 때였나. 드디어 내 마음의 소리가 들렸다. 모든 걸 내려둔 뒤에 가장 먼저 하고파진 일. 다름 아닌 글쓰기였다.

글이라니! 글쓰기라면 매일 해오던 일이었다. 재밌는 이야기를 만드느라 글을 썼고 보고 듣고 느낀 걸 잊지 않으려고 글을 썼으며 답답한 마음을 해소하려 글을 썼다. 내게 글은 전혀

새롭지 않았다. 익숙하게 여겼던 일이 낯선 얼굴을 하고 내 마음의 문을 두드렸다. 그 친근한 방문객이 어쩐지 반가운 마음이 들어 글을 쓰기로 했다. 오래 고민하지 않았다. 곧바로 책상 앞으로 가서 앉았다. 노트북을 열어 새로운 문서를 만들었다. 딱히 쓰고 싶은 게 없었다. 그래도 뭐라도 써야 할 것 같은 기분이 들어 당시 머물렀던 호주살이에 관해 썼다.

하루에 한 편의 글을 썼다. 며칠이 지나자 큰 부담감이나 욕심 없이 쓴 글이 모였다. 글쓰기 플랫폼 브런치에 그 글들을 올려야겠다는 생각이 일순간 들었다. 1년 만에 브런치에 접속해서 쓴 글을 올리려는데 글만 덩그러니 있는 게 허전해 보였다. 섬네일로 쓸 사진이 필요했다. 마땅한 사진을 찾으려고 하니 또 귀찮았다. 그때 마침 떠오른 생각 하나. 글에 맞는 그림을 그리면 되잖아!

바로 여기서부터 상황이 재밌게 흘러갔다. 그림 그리기는 내가 그만두기로 결심한 목록에 있는 것 중 하나였다. 오랫동안 해온 그림이 나를 힘들게 한다면서 다시는 그리지 않기로 했는데, 어느덧 뻔뻔한 얼굴을 하고 그림을 그리고 있었다. 그것도 꽤 재밌게 그렸다. 목표나 꿈을 위한 일이 아니었기 때문일까. 오랜만에 나는 즐거웠다. 그래서 계속 한 편씩 쓰고 그렸다.

게다가 지금은 애니메이션과 비슷한 것을 만들고 있다. 내가 그린 그림이 영상이 되었고, 심지어 많은 사람이 봐줬다. 꿈을 포기했지만 이룬 것과 마찬가지인 상태가 되었다. 이정도면 꿈이라는 이름이 주던 무게감만 내려둔 것은 아닐까.

완전히 새로운 것을 할 수 있는 상태를 만들어두고, 나는 고작 내가 할 수 있는 것들을 다시 꺼냈다. 처음엔 그 사실에 실망하기도 했다. 나의 폭이 협소한 것만 같았다. 하지만 솔직히 말해서 짧은 순간에 번뜩이듯 낯설고 새로운 일을 시도하는 것도 불가능하다. 배운 적 없고, 평소에 특별한 관심이 없던 일이 자연스레 떠오를 리 만무했다. 어쩌면 나도 은연중에 그 사실을 알고 있었기에 꿈을 편히 내려두게 된 것이 아닐까. 그러니 다행이다. 좋아하는 일을 새로운 마음으로 다시 시작하게 되었으니까.

#꿈을 내려두었다

오랫동안 이루고 싶었던 꿈이
난 꿈이 있어요!
나를 괴롭게 해서
괴롭고
힘들다
꿈을 내려두었다
그만 할래..
이제 새로운 삶을 만들어야지
무엇이든 될 수있고,
무엇이든 할 수있어

나는
왜 그럴까

내 주변에는 화가 많은 사람이 있다. 대수롭지 않게 넘겨도 되는 일에 갑자기 화를 내거나 누군가의 작은 실수에 너그러움을 보이지 못한다. 바로 내 이야기다. 나는 화가 많고, 화를 자주 냈다. 우스갯소리로 내가 화를 자주 내는 이유는 늦게 온 사춘기가 지금까지 이어진 탓이라고 말했지만 사실 그냥 한 소리다. 나는 그저 화를 잘 참아내지 못하는 조금 별로인 사람이다.

변화는 인정에서 시작되었다. 내가 지나치게 예민하고 화를 잘 참지 못하는 사람이며 감정의 변화가 심함을 나이를 먹고 받아들이기로 했다. 나는 종종 지난 시간을 떠올리며 후회

섞인 푸념을 한다. “내가 그때 왜 그랬지?” 하고. 지금의 나로서는 이해하기 힘들 만큼 과거의 나에겐 이상한 면이 있다.

감정적으로 미숙한 점이 많았다. 시도 때도 없이 화를 내고 성질을 냈다. 그런 나를 좋아하고 이해해준 사람들에게 미안하고 고마웠다. 다툰 뒤에도 먼저 손 내밀지 못하고 뚱해 있던 나를 어르고 달랜 친구들 덕분에, 다 이해한다는 눈빛으로 내 이야기를 들어주고 감싸준 사람들 덕분에 나는 어른이 되었다. 내 곁에 있는 사람들을 오래오래 보고 싶어서 나는 아주 조금씩 더 나은 사람이 되고자 노력한다.

예전과 달리 지금은 화내는 순간이 많이 줄었다. 여기서 ‘줄었다’는 여전히 화를 내고 있다는 의미다. 나는 여전히 화를 내지만, 내가 화를 가장 많이 내는 대상은 내가 되었다. 기대한 만큼 일을 해내지 못하거나 계획과 다른 방향으로 흘러갈 때면 자신을 혼낸다. 나를 사랑하기에 내가 답답한 순간이 누구에게나 있을 것이다. 화로 그 마음을 표현했다.

자칭 ‘에린남 연구원’인 남편은 혼자서 북 치고 장구 치는 이상한 아내를 지켜보다가 무언가를 불현듯 깨달았다. 간만의 성과에 잔뜩 신난 모습으로 자신이 알아낸 한 가지 사실에 대해 말해주었다. 남편의 말에 따르면 나에게는 두 개의 자아가 있다고 한다. 하나는 완벽을 추구하는 자아이고 다른 하나는 허술하고 게으른 자아. 둘 중 하나만 있어도 평화로울까 말까 한데 상반된 두 자아가 매일같이 충돌하니 자꾸만 화가 나서 자신에게 화풀이를 한다는 것이다. 듣고 보니 맞는 말이다. 꽤 정확한 연구 결과다.

다행이라는 생각도 들었다. 본인에게 난 화를 애먼 곳에 푸는 사람들도 있으니 그에 비하면 양반이라고 애써 스스로 위로했다. 적어도 나는 타인에게 피해를 주지는 않는다고. 그러나 안타깝게도 그렇지 않다. 피해를 보는 내가 있다. 나는 나에게 화를 내고 나에게 상처를 받는다. 누가 이겨도 좋지 않은, 불필요한 전쟁이 매일 내 안에서 일어났다. 그렇다면 전쟁을 끝내야 하는 것도 바로 나다. 오늘부로 나는 종전을 선언하겠다. 완벽주의 자아와 게으른 자아가 서로의 다름을 인정하고, 사이좋게 지내기로 협정한다. 과연 나에게 평화가 찾아올 수 있을까?

#부정의 반대말은 인정

부정적인 마음이 찾아올 때

굳이 긍정적인 마음을
꺼내지 않는다
좋은 생각
좋은 생각

지금의 마음을 있는 그대로
받아들인다
나는 지금 그런 상태구나.

부정적인 마음을 인정하면
오히려 편안해진다
괜찮아졌다!

하나도 멋지지 않은 나의 일상

친구네 집에 갔더니, 위스키를 대접하겠다며 멋스러워 보이는 술을 두 병 가져왔다. 친구는 최근 위스키에 대해 알아가기 시작했다. 위스키의 이름이나 종류는 정확히 기억나지 않지만 하나는 길쭉했고, 하나는 짧고 통통했다. 친절한 설명까지 들었건만 도무지 무엇인지 기억나지 않는다.

친구는 위스키 전용 잔에 위스키를 따라주었다. 마시는 방법도 알려주었다. 친구가 시키는 대로 맛도 보고 향도 맡았다. 꿀꺽 한 입 마셨다. 위스키는 처음이라 잘 모르지만, 향도 좋았고 맛도 좋았다. 친구가 나무 도마에 가지런히 차린 안주는 위스키 바에 온 것 같은 착각마저 불러일으켰다. 다크 초콜릿과

프레츨 과자 그리고 치즈가 먹을 만큼만 놓여 있었다. 어둡고 은은한 조명이 더해지니 술 마시기 좋은 분위기가 났다.

친구는 위스키 바에서 위스키 한 잔을 주문하고 혼자만의 시간을 보내는 사람들이 늘었다고 했다. 영화 〈소공녀〉 덕분에 위스키 유행이 온 것 같다는 말도 덧붙였다. 〈소공녀〉에서 이솜 배우가 연기한 역할인 '미소'는 돈이 없는 상황에서도 자신의 취향인 담배와 위스키는 포기하지 못한다. 영화를 통해 사람들이 위스키가 가진 매력에 호기심이 생긴 것인지, 아니면 〈소공녀〉에 나오는 분위기 있는 위스키 바에 매료된 것인지 궁금해졌다.

친구네 주방 상부장에는 위스키 전용 자리가 마련되어 있었다. 조금씩 모양이 다른 위스키 잔과 용도를 알 수 없는 물건들도 있었다. 취향이 드러나는 것이 멋졌다. 괜히 위스키라는 취미가 있다면 인생이 멋스러워 보이지 않을까 생각했다.

집으로 돌아오면서 위스키에 관심을 가져보는 건 어떨지를 고민했다. 술을 별로 좋아하지 않지만 위스키를 한 병 사두고 매일 밤 드라마 속 주인공들처럼 긴 밤을 위스키 한 잔으로 보내다 잠드는 상상을 했다. 누군가에게 위스키라는 취미가 있다고, 그래서 거의 매일을 위스키로 마무리한다면서 어쭙잖게 위스키를 추천하고 어울리는 안주를 제안하는 세련된 모습을 상상했다. 상상 속의 내 모습이 어색해 웃음이 났다.

위스키와 어울리지 않아서가 아니라, 내 머릿속에 떠오른 위스키와 나의 이미지가 다소 색달라서였다. 집에서 매일 입는 잠옷 바지와 다 늘어난 티셔츠를 입고, 머리를 질끈 묶은 채 우리 집 소파 한쪽에 앉아 위스키를 마시고 있는 '생활 밀착형' 비낭만주의 상상이었다.

내가 살아가는 일상에 위스키는 어울리지 않았다. 무엇보다 내가 술을 그다지 좋아하지 않았다. 나에게도 술을 좋아하고 즐겨 마시던 시기가 있었다. 하지만 술을 별로 마시지 않는 남편을 만나고, 점점 술자리도 줄어들면서 자연스럽게 술과 거리를 두게 되었다. 술을 마시고 싶은 날에는 와인 한 병을 남편과 나눠 마시거나 맥주 한 캔을 마시는 선에서 그쳤다. 마지막으로 술에 취한 것도 꽤 오래전의 일이 되었다. 위스키의 매력을 알고도 내 일상과 연결하기 어렵고 흥미가 생기지 않는 이유는 바로 여기에 있었다.

위스키로 멋진 일상을 만들고 싶은 욕심을 잠시 가졌으나, 그날 이후로 내 관심은 다시 사그라들었다. 언젠가 혼자 위스키 바에 찾아가 나만의 시간을 보내고픈 마음은 있었다. 그때는 내가 마신 위스키의 이름 정도는 알아둬야지.

#누군가의 멋진 삶

다른 사람의 대단하고 멋진 삶은
와-정말 대단하다!
그 사람이 꾸준히 쌓은 시간의 결과
얼마나 노력했을까
그 삶을 부러워하는 대신
부럽지 않다면 거짓말이겠지만-
내 삶을 한 번 더 살펴본다
나는 내가 아니면 안 될 내 인생에 힘 좀 써볼까?
먼저 이 말 멋있었으니까 적어두고…

초보의 용기를 잃지 않기

소설을 써보기로 했다. 소설가가 되고 싶다거나 등단을 꿈꾼 것은 아니었다. 그저 상상의 나래를 마음껏 펼치며 글을 써보고 싶었다. 그런 단순한 설렘만으로 겁도 없이 소설을 쓰기 시작했다.

A4용지 기준으로 9쪽 분량의 소설을 쓰기까지 꼬박 일주일이 걸렸다. 소설을 이렇게 써도 되는 건지, 제대로 쓰고 있는 것인지는 고려하지 않았다. 내가 만족할 수 있는 결과물을 만들기 위해 창작과 퇴고를 반복했다. 이상하리 만큼 끝이 보이지 않는 퇴고에도 스트레스를 받지 않았다. 막무가내로 쓴 글이 걱정되거나 불만족스럽지 않았다. '씀'이라는 온전한 창작

행위에서 성취감을 얻었다.

소설을 쓰는 동안 어찌나 즐거웠는지 아무도 허락하지 않은 자신감이 불쑥 튀어나와 나를 채웠다. 소설 쓰기에 천부적인 재능이 있는 것은 아닐까? 혼자 착각하는 지경에도 이르렀다.

그때의 나에게는 쓸 수 있는 용기가 장착되어 있었다. 그래서 두려움 없이 써나갈 수 있었다. 초보자만이 가질 수 있는 용기였다. 제대로 글쓰기를 배워본 적도, 소설을 써본 적도 없었기에 내가 쓴 소설이 잘 쓴 것인지, 엉망진창인지도 판단할 수 없었다. 당장 누군가가 평가할 소설이 아니었고, 돈을 받고 쓴 소설도 아니었으며, 공모전에 낼 소설도 아니었다. 볼 사람이라고는 나뿐이었으니 이야기를 시작하고 이어나간 뒤 끝내기만 하면 되었다. 그래서 마음껏 쓸 수 있었다. 아무것도 몰랐기에 용감하게 즐기는 것이 가능했다.

나는 내가 쓴 소설이 마음에 들어 브런치에도 올렸다. 평가받을 생각이었다면 절대 올리지 못했을 것이다. 어떤 욕심도 없이 가벼운 마음으로 소설을 이만큼 쓰고 끝냈다는 사실이 기특했기에 올릴 수 있었다.

그 뒤로도 하루에 한 편씩 일정 분량을 채우며 글을 썼다. 씀의 즐거움이 계속될 줄 알았건만 안타깝게도 글을 쓰면 쓸수록 내 눈도 나날이 높아졌다. 글에 관한 관심이 늘고, 쓰는 것만큼 읽는 것도 좋아져서 전보다 더 많은 책을 접했을 뿐인데, 시야가 넓어지니 다른 사람들이 쓴 글과 내 글이 비교되기 시작했다. 내 글의 부족함이 보였다. 너무 빨리 주제를 파악했다.

다른 사람들이 쓴 글을 읽으면서 잘 쓴 글이 무엇인지 알게 되었다. 잘 정돈된 구성의 글에서는 글의 품격까지도 느껴졌다. 알게 되니 글을 잘 써야 한다는 부담은 덤으로 생겼다. 내 안의 자신감이 비눗방울처럼 '퐁퐁' 한없이 가볍게 터졌다. 가득 차 있던 용기도 한 움큼씩 사라졌다. 이대로 글 쓰는 재미를 잃게 될까 두려웠다. 하지만 이렇게 쉽게 포기할 수 없다. 어떻게 얻은 재미와 즐거움인데. 사라지면 안 돼, 내 소중한 용기!

두려움이 생길 때 마음을 붙잡지 않으면 쓰는 일에 두려움을 느끼게 될 것이다. 저버린 꿈처럼 내려두고 다시 도망치게 될 것이다. 그래서 잘해야 한다는 강박에서 벗어나기 위해 노력했다. 가까이에 다가선 부담감에서 멀어지기 위해 마음을 다잡았다. 그럴 땐 초보의 용기를 떠올리면 도움이 된다. 아무것도 모른다는 듯이, 아무것도 상관하지 않는다는 듯이 쓰는 행위에 초점을 맞추던 때를 생각했다.

그래서 그냥 썼다. 엉망이라고 느껴질 때도 그냥 썼다. 그냥 쓰면 결국에는 글이 완성되었다. 그렇게 지금껏 쓰고 있다.

#꿈의 빈자리에

꿈의 빈자리를 다른 꿈으로
채우지 않는다
꿈은 지금
부재중인 거야
자유롭다!
그 대신 지금 하고 싶은 것을
하며 산다
오늘은 왠지
걷고 싶은 날이야
지금 좋아하는 것을 한다
이런 이야기를
하고 싶어
먼 미래가 아닌
지금의 시간을 살고 있다
오늘도 충분한
하루 였다.

무엇이든 해보는 것이
나에게 훨씬 큰 용기를 준다

나의
탄생화

나의 탄생화는 '잡초의 꽃'이다. 말 그대로 잡초 틈에서 피는 꽃이 바로 나의 탄생에 기념비적인 꽃이다. 당연히 내 마음에는 들지 않았다. 온갖 예쁜 꽃이 넘쳐나는 세상에서 고작 잡초의 꽃이라니. 마치 잡초가 된 기분이었다.

'잡초의 꽃'을 인터넷에 검색해서 보고는 더 심란해졌다. 대체 뭐가 잡초의 꽃이라는 건지. 잡초의 꽃이라고 올라온 사진마다 생김새가 달랐다. 색도 형태도 명확하지 않았다. 이름 모를 꽃은 모두 잡초의 꽃이 되는 것 같아 혼란스러웠다(실제로 이름 없는 꽃은 다 잡초의 꽃으로 불리는 것 같다).

잡초의 꽃이 탄생화라는 사실을 알게 된 지 20년 정도 되니, 별로 나쁘지 않아졌다. 나의 탄생화를 찾느라 길을 걷다 마주하는 꽃들을 세밀하게 살피는 습관이 생겼다. 아는 꽃을 발견하면 입 밖으로 이름을 꺼내 불러보고, 꽃의 모양새를 자세히 관찰했다. 이름 모를 꽃을 발견하면 '이게 잡초의 꽃일까?', '저것도 잡초의 꽃일까?' 궁금했다.

질서 없이 아무렇게나 자란 초록 줄기 틈에서 얼굴을 드러낸 작은 꽃을 만나면 "혹시 네가 내 탄생화니?" 하고 물었다. 잡초 틈에서 피어나는 꽃의 아름다움을 보게 되었다. 어느 날엔 내가 본 모든 꽃이 잡초의 꽃이라고 생각하기도 했다. 저 꽃도, 이 꽃도 모두 나의 탄생화라고 생각하면 그 억지만으로 마음이 풍요로워졌다.

꽃에 신경을 쓰고, 자주 들여다보니 자연스럽게 꽃이 좋아졌다. 내가 본 꽃들의 이름이 무엇인지와는 상관이 없었다. 누가 시키지 않아도 알아서 피고 지는 꽃의 존재로 오고 가는 계절이 더 애틋하게 느껴졌고, 그들 덕분에 어떤 계절이 더 애틋해졌다. 꽃에는 그런 힘이 있었다.

잘 정돈된 화단이나 공원에 줄 맞추어 심어진 꽃들에는 친절한 이름표가 달려 있었다. 그 꽃들의 이름을 알게 돼서 좋았다. 한편으로 영영 이름표를 가지지 못할지도 모를 내 탄생화를 떠올렸다. 잡초의 꽃에게 나도 모르게 자꾸만 마음이 쓰였다.

나는 여전히 잡초의 꽃이 어떤 모습인지 알지 못한다. 대충 어림짐작만 해볼 뿐이다. 하지만 이젠 잡초의 꽃이 어떤 모습을 하고 있든 중요하지 않다. 내가 태어난 날과 나의 탄생화를 내가 좋아하고 있으니 아무래도 상관없다.

솔직히 배추가 나의 탄생화였어도 배추를 좋아하기 위해 어떻게든 예쁜 구석을, 좋아할 이유를 찾아냈을 것이다. 그리고 결국에는 좋아하게 됐을 것이다. 단지 내 탄생화라는 이유만으로.

잡초의 꽃이 가진 꽃말은 '실제적인 사람'이라고 한다. 꽃말도 참 잡초 같다. 하지만 이마저도 마음에 든다. 어쩐지 나와 잘 어울린다.

#아침 산책길에 나에게 머문 장면

말하는 걸 좋아하니까 말조심

어느 책에 인터뷰이로 참여하게 되었다. 인터뷰 장소는 우리 집으로 정해졌다. 예상 시간은 사진 촬영과 질의응답 시간까지 포함해서 한 시간 반에서 두 시간 정도였지만 예상보다 길어졌다. 인터뷰가 끝난 뒤에 시계를 보니 세 시간이 훌쩍 지나 있었다. 순전히 나 때문이었다.

인터뷰의 주제는 줄이는 삶에 관한 이야기였다. 미니멀 라이프로 살며 물건을 줄여나가는 동안 가지게 된 생각이나 감정을 말하고 환경에 관한 이야기들도 나누었다. 비슷한 관심사를 가진 사람을 만나 대화를 나눌 수 있는 일이 흔치 않았기에 인터뷰 시간이 무척이나 즐겁고 재밌었다. 나도 모르게 쉬지 않고 떠든 덕분에 결국 인터뷰 시간이 길어졌다.

"아무 말이나 내뱉은 것 같아요. 건질 말이 있을지 모르겠네요."

인터뷰를 마치고 우리 집을 나서는 작가님께 미안한 마음이 들었다. 혼자 떠든 것 같아 과연 상대에게도 유의미한 시간이었을지 걱정되었다. 다행히도 세 시간의 대화는 작가님의 글솜씨와 편집 솜씨로 읽을만한 한 편의 글로 완성되었다. 책이 출간된 뒤 받아보고 쓸데없이 떠들기만 한 것은 아니었다는 사실에 안도했다.

나는 대화를 좋아한다. 상대방이 하는 이야기를 듣는 것도 좋아하고, 새로운 사실을 알게 되는 것도 좋아한다. 특히나 내 이야기를 들어주고 나의 이야기가 궁금해 계속해서 질문을 던지는 사람을 만나면 한층 더 신이 난다.

새로운 책 기획을 위해 방문한 출판사에서도 처음 보는 편집자와 신나서 이야기를 나눈다. 출판사 미팅도, 인터뷰를 할 때도, 내가 하고 싶은 이야기를 최대한 끌어내면 서로에게 좋은 방향이 나올 수 있기에 편집자나 인터뷰어도 다정한 얼굴로 다 받아준다. 좋은 말만 해주는 사람들 앞에서 나는 신난 강아지가 되어 조잘조잘 떠든다.

말하는 걸 좋아하니 말로 상대를 상처 입힐 가능성이 있어서 조심스러운 마음도 생긴다. 좋아하는 사람들을 만나 한참 떠든 뒤 집으로 가는 길에 내가 내뱉은 수많은 말을 복기해본다. 나쁜 의도로 건넨 말은 아니었지만, 혹시 내가 한 말 때문에 상처를 받고 기분 나쁜 사람이 있을지 걱정한다.

좋아하는 사람들에게 괜한 말로 의도치 않은 상처를 준 적이 많았다. 차라리 입 밖으로 꺼내지 않았으면 좋았을 말을 내뱉고 10년이 지난 뒤에도, 아니 그보다 훨씬 긴 시간이 흐른 뒤에도 그 순간을 후회한다. 내 마음은 그게 아니었는데……. 설령 그렇다고 해도 누군가에게는 씻을 수 없는 상처로 남았을지도 모른다.

이런 생각을 하는 이유도 내가 은근히 상처를 잘 받는 사람이기 때문이다. 그래서 그 사람도 나처럼 말 때문에 상처 입지 않았을까 걱정한다. 상대방이 상처를 받지 않았다고 하더라도 미안한 감정이 생긴다. 그리고 다짐한다.

'이젠 조용히 아무 말도 하지 않을 거야. 누군가에게 상처 주고 싶지 않으니까. 묵묵하고 과묵하게 자리를 지키고 앉아서 묻는 말에 깔끔하게 답하고, 차분하게 이야기를 들어주는 사람이 되어야지.'

그리고 실패! 어느새 내 자리에는 다짐을 모두 까먹은 채, 좋은 사람 앞에서 꼬리를 흔들며 수다를 떠는 신난 강아지 한 마리가 앉아 있다.

혹시라도 누군가 내 말에 상처를 받았다면, 내가 한 말에 깊은 오해가 쌓이지 않도록 그 자리에서 바로 사과를 하거나 용서를 구할 수 있으면 좋겠다. 이기적인 욕심이라 해도 서로에게 더 낫지 않을까 생각하는 지금이다.

남편과 함께하는 자리에서 찜찜함이 생기면 집에 돌아와서 꼭 남편에게 묻곤 한다. "나 오늘 말실수한 거 없어?"

누구 하나 상처받지 않고 성숙하고 재밌는 대화를 나눌 수 있는 대화의 기술을 갖고 싶다. 다른 이유는 없다. 사람들과 즐겁게 대화하고 싶을 뿐이다. 오래오래.

#배우고 싶은 것

여전히 배울 것투성이

세상에 쉬운 일은 없다

첫 직장은 광고 프로덕션이었다. 나는 그곳에서 조감독으로 일했다. 2년 남짓 근무하는 동안 수많은 광고를 촬영했다. 광고 대행사에서 광고 프로덕션으로 광고 연출 의뢰를 하면, 그때부터 조감독의 일이 시작된다. 그 순간부터 광고가 TV에 방송되기 직전까지의 모든 과정에 참여한다. 나는 그 과정을 여러 번 겪으며 광고를 만드는 다양한 사람들을 만났다.

광고 프로덕션 과정에는 많은 사람의 힘이 필요하기에, 여러 팀의 협업은 필수다. 내가 속했던 연출팀 이외에도 '촬영, 조명, 아트, 헤어 메이크업, 스타일리스트' 등의 팀이 함께 작업했다. 촬영 후 작업에는 편집팀, NTC팀(화면의 색감을 맞추는 일), 2D팀(영상 그래픽 디자인), 오디오팀이 각각 참여했다. 나는 그 모든 사람과 직접적으로 대화를 하고 조율한 뒤 일이 수월하게 진행될 수 있도록 관리했다. 핸드폰이 새벽까지 쉴 틈 없이 울리는 일이었다.

나와 함께 일했던 사람들은 모두 업계에서 자리를 잡은 전문가였다. 일도 잘하고 그만큼 돈도 많이 버는 사람들이었다. 하지만 그들이 마냥 부럽지는 않았다. 각자가 맡은 일에 대한 책임감의 무게를 보았기 때문이다.

솔직히 광고 일을 하기 전까지만 해도 스타일리스트라는 직업에 내 나름의 편견이 있었다. 패션 프로그램에서 비추어지는 스타일리스트들의 노동을 섣부르게 판단하게 되었다. 때론 안일하게 돈만 주면 나도 모델이나 연예인에게 그 정도는 입힐 수 있을 거라고 생각했다. 옷을 좋아한다면 쉽고 재밌게 즐길 수 있는 직업쯤이라고 여겼다.

하지만 광고를 만들면서 내가 가진 편견과 오해는 완전히 깨졌다. 스타일리스트는 절대 쉬운 직업이 아니었다. 촬영마다 수십 벌의 옷을 싣고 날라야 했고, 한 사람은 구겨진 옷을 끊임

없이 다림질을 했다. 옷 먼지에 둘러싸여 사는 건 당연했고, 작업 환경 탓에 비염이나 감기를 달고 지내야 했다. 해외 촬영이라도 가는 날에는 무겁고 커다란 트렁크를 몇 개씩 끌었다. 브랜드에서 옷을 빌렸다가 반납하는 업무가 매일같이 반복되었고, 모델의 체형에 맞는 옷을 준비하고 현장에서는 수선까지도 척척 해냈다. 단순히 옷만 좋아해서는 해내기 어려운 일이었다.

이런 적도 있었다. 촬영 당일 미리 모든 것을 계획하여 다양한 옷과 혹시 모를 여분의 옷까지 준비했지만 아주 가끔 어떤 감독이나 광고주는 준비되지 않은 옷을 찾았다. 예를 들면 파란 계열의 옷을 준비하기로 해놓고 갑자기 빨간 계열이나 노란 계열의 옷을 찾는 것이다. 적막이 촬영장을 감쌌고 조감독인 나와 스타일리스트의 얼굴은 창백해졌다. 시간이 많이 흘렀지만, 아직도 그때 그 순간의 싸늘한 공기가 생생했다.

스타일리스트들은 광고주나 감독이 원하는 것을 최대한 빠르게 찾아왔다. 막상 힘들게 가져와도 사용조차 하지 않을 때도 많았다(혹시 모르니 준비하라는 식이다). 내가 고생한 것도 아닌데 그 상황을 지켜보고 있으면 성질이 났다. 정작 그들은 그런 일에 익숙한지 대수롭지 않게 자신의 일을 했다. 묵묵

한 모습이 오히려 더 멋있어 보였다. 프로는 프로다.

스타일리스트뿐만 아니라 지금껏 봐온 모든 직업이 그랬다. 쉬운 일은 없었다. 책을 출간하기 전에는 출판사의 편집자가 정확히 무슨 일을 하는지 몰랐지만, 지금은 대충 알게 되었다. 편집자는 어떻게 한 사람이 해내나 싶을 정도로 많은 일을 한다. 내가 모르는 다른 직업들도 마찬가지일 것이다.

아이를 키우며 일까지 해내는 친구, 홀로 카페를 운영하는 친구, 버티기조차 쉽지 않은 곳에서 꿋꿋하게 이겨내며 좋은 성과를 내는 친구, 꾸준히 한 우물만 파서 인정받는 친구, 공부를 계속하는 친구, 하고 싶은 일에 확신을 가지고 계속 나아가는 친구. 살아가는 날이 늘어갈수록 어느 하나 쉬운 일이 없음을 절실히 느끼고 있다. 다들 참 대단하고 멋지다.

#판단하지 않기

때때로 단면만 보고
누군가를 판단했다
저 사람은 앞이랑 뒤랑 다를 것 같아..
어느 순간 잘 알지도 못하면서
심사위원처럼 구는 내가
마음에 들지 않았다
뭐야, 나 심사위원인줄!
그것도 마음이 꼬인 심사위원!
재밌거나 딱히 유쾌한 것도 아니었다
생각해 보니 그렇네..?
다른 사람을 판단하지 않기로 했다
심지어 조금 귀찮은 일이라고!
'나'나 잘 하자

그렇게 불편한 마음을 하나씩 비워가는 30대.
가벼운 느낌

애쓰지 말기

#스트레스 해소법

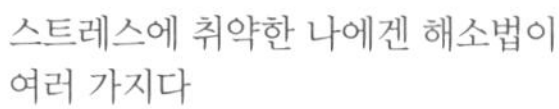

#최선을 다했을 때

뭐든지 적당히

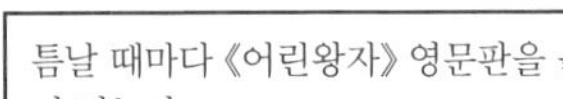

#느슨하게 하는 일

틈날 때마다 《어린왕자》 영문판을 옮겨 적는다

모르는 단어를 발견하면 뜻을 찾고

영어로 쓰인 책을 천천히 읽는다

느릿느릿 평화로운 시간

#메모장

하루에도 몇 번씩 메모장을 열어
또는 메모 어플
생각과 마음을 기록한다
메모장은 내 마음을 알아차릴
알림장이 되었다
이런 마음이었구나

어느 날의 출근길

어딘가에 소속되지 않은 채 홀로 일하는 것이 당연한 나날이 계속되었다. 집중력이 필요할 때는 근처 카페에서 작업을 하지만 대부분은 집에서 혼자 일한다. '혼자'를 좋아하기에 독립적으로 일하는 생활을 선호한다. 혼자서 일을 하면 혼자 일을 시작해 혼자 끝낸다. 다른 누군가에게 일을 미룰 수는 없지만, 또 누군가 내게 일을 미루거나 시키지 않는다는 점이 좋다. 모든 일이 그렇듯이 단점과 장점이 혼재하는 '혼자'의 일이다.

친구가 사무실을 차렸다. 전화가 와서는 바쁘겠지만 혹시 시간이 난다면 사무실 창문에 그림을 그려줄 수 있냐고 물었다. 내 그림을 좋아하는 친구이기도 하고, 평소 나에게 무언가를 부탁하는 법이 없었기에 이런 요구(?)가 반가웠다. 아주 흔쾌히 그러겠다고 했다. 안 그래도 직접 그린 그림을 액자에 넣어 선물할까 고민하던 중이었다. 친구의 사무실에 어울릴만한 그림을 몇 가지 구상했다.

약속한 날이 되었다. 창문에 그림을 그리는 데 필요한 재료를 구매하기 위해 화방에도 들려야 했다. 약속 시간보다 일찍 집을 나서기로 했다. 사무실 가는 길이 남편 회사 가는 길과 같아서 남편과 함께 나가려고 조금 더 서둘렀다. 우리는 함께 지하철을 탔다. 평소에도 지하철을 자주 이용했지만, 출근길의 지하철에서 남편은 여느 때와 조금 달라 보였다. 남편은 빨리 갈아탈 수 있는 출입문과 갈아타서는 어느 방향으로 가야 할지를 거듭 내게 일렀다. 문이 열리기도 전부터 뛸 준비를 하라며 정신없을 거라는 예고를 했다. 이런 모습은 처음이라 낯설면서도, 한편으로는 호주에 살던 남편이 완전한 한국 직장인이 되었다는 사실이 대견하고 안쓰러웠다. 물론 나도 회사에 다닐 땐 출근길 지하철에서 유난히 전투적이었다. 한 시간 이상 버스나 지하철을 타야 하는 직장인이라면, 아무리 느긋한 사람이라도 그렇게 될 수밖에 없다.

남편보다 먼저 고속 터미널에서 내렸다. 화방에선 재료만 사서 나왔다. 오랜만에 방문한 화방이라 구경하고 싶은 것으로 가득했지만 늑장을 부리다간 약속 시간에 늦을 것 같았다. 꾹 참고 나오는 길에 백화점 식품매장에 들렀다. 꽃을 살까 고민하다가 먹을 수 있는 에클레어 두 상자를 샀다. 직장을 다닐 땐 회사에 방문한 손님이 맛있는 간식을 사서 올 때가 가장 좋았다.

함께 일했던 이전 직장 동료들이 친구 사무실에 모였다. 같이 오래 일한 사람들까지 넷이 모여 한참을 떠들며 점심을 먹었다. 과거의 기억을 떠올리고 최근의 근황까지 폭넓은 이야기를 다양하게 나누었다. 모두가 같은 마음이었다. 그 시간이 즐겁고 소중해서 선뜻 일어서지 못한 채로 두 시간이 흘렀다. 일이 바쁜 친구는 와중에도 일을 했고, 나는 창문에 그림을 그렸다. 조금이라도 더 같이 있고 싶어서 친구의 책상 주위에 앉았다.

점심시간이 끝난 뒤엔 모두가 자신이 있어야 할 자리로 돌아갔다. 나와 친구 둘만이 남았다. 친구는 사뭇 진지한 표정을 하고는 사무실에 책상 하나를 놔줄 테니 출근해 일하면 어떻냐고 물었다. 집에만 있는 것보다 훨씬 더 좋지 않겠냐고 말하면서 내 마음을 흔들었다.

좋아하는 사람을 자주 볼 수 있으면 좋을 것이다. 어쩌면 지금의 나에게 가장 필요한 변화일지도 모른다. 한 번은 집에서 일하는 시간이 길어지면 사회성이 떨어지게 되진 않을까 걱정하기도 했다. 사람들과 대화를 나누는 시간이 줄어들어 대화의 태도나 말하는 습관이 퇴화할 것 같다는 생각이 들기도 했다. 조금은 두려운 걱정이었다.

그로부터 몇 달 전까지는 작은 사무실을 구할까 고민하기도 했다. 하지만 공유 오피스는 내가 차지하는 공간이 협소한 것에 비해 비쌌고, 사무실을 채우는 것에도 부담이 있었다. 기간을 정해 머무는 것도 염려스러웠기에 잠시 미뤄두었다. (역시 나는 걱정만 많은 겁쟁이다.) 그래서 친구의 제안은 진지하게 고민되었다. 매일은 아니더라도 일주일에 한두 번 정도 주기적으로 출근하면서 새로운 영감을 받으면 좋을 것 같았다.

우선 밖으로 나오면 집에서 만날 수 없는 사건을 마주하게 되고, 출퇴근 길에 마주치는 사람만 해도 수백에서 수천 명이다. 그 사이에서 재밌는 이야깃거리나 생각해볼 법한 주제들을 발견할 수 있지 않을까?

사무실에 책상 하나를 놓아주겠다는 말은 나에게 새로운 기대감을 불러일으켰다. 출근하기로 한 것도 아니고 결정된 일도 아니지만 우선 새로운 상황을 만드는 가능성에는 문을 활짝 열어두었다. 전환이 필요할 때가 찾아왔다.

#좋은 기분 흡수

이른 아침에 카페에 갔다
CAFE
WEL
기분이 좋아 보이는 직원이
주문을 받았다
안녕하세용
드시고 가시나용?
따뜻한거 맞으시죵?
직원이 뿜어낸 좋은 기분을
잔뜩 챙겼다
덕분에 내 하루는 한층 더
발랄해졌다

마음을 불편하게 하는 짐 비우기

우리 집에서 역할을 잃은 2단 서랍장을 중고 마켓에 올렸다. 올리기만 하면 금세 새로운 주인이 나타나게 될 줄 알았는데 영 인기가 없었다. 하루빨리 서랍장을 떠나보내고 싶던 나는 괜히 거실 한편에 나와 있는 서랍장을 뚫어지게 쳐다보며 눈싸움을 했다.

생각처럼 팔리지 않는 서랍장을 볼 때마다 자꾸만 마음이 불편해졌다. 해야 할 일을 끝내지 못한 찜찜한 기분이 들었다. 공간을 그리 많이 차지하는 것도 아닌데 마음에서 내보내니 몸집보다 세 배는 큰 짐처럼 느껴졌다. 집이 더 좁아 보이고 그만큼 마음도 무거워졌다.

내 눈에 보이지 않도록 주방 옆 작은 창고에 넣어두었다. 눈에서 보이지 않으니 더 이상 불편한 마음도 생기지 않을 줄 알았건만, 그 서랍의 존재감은 눈에 보이지 않아도 또렷하기만 했다.

일주일쯤 지나서 가격을 내렸다. 그제야 서랍장에 관심을 가지는 사람이 생겼다. 그 다음 날 오후에 창고에 있던 서랍장은 우리 집을 떠나갔다. 공간이 비워졌다는 사실보다 내 마음이 가벼워져서 기뻤다.

그러나 나에겐 해결하지 못한 짐이 남아 있었다. 여행용 캐리어 안에는 결혼할 때 입었던 웨딩드레스가 잠들어 있었다. 그 드레스는 호주에 있는 드레스 숍에서 구매한 것이었다. 어깨가 드러나고 허리는 바짝 조이며 골반에서 바닥까지 일자로 떨어져서 내 체형을 보완하기 적절한 디자인이었다. 가격도 한 번 빌려 입는 것보다 훨씬 합리적이었다.

내 웨딩드레스는 결혼식 때 딱 한 번 입은 뒤에 두 번이나 비행기를 탔다. 한국에서 결혼식을 올린 뒤 다시 호주로 갈 때 한 번, 호주에서 한국으로 이사 올 때 한 번. 그렇게 장거리 이동을 했지만, 제대로 된 활약은 한 번뿐이었다. 그 뒤로는 비닐 커버에 들어간 채로 몇 년의 세월을 보냈다.

누군가는 훗날 딸에게 물려주면 감동적일 것이라고 말했다. 하지만 내게 그런 로망은 없었다. 만약 딸이 있다고 하더라도 딸이 결혼할 즈음인 몇십 년 뒤에는 내 웨딩드레스보다 훨씬 더 예쁘고 좋은 드레스가 많을 테고, 나와 똑 닮은 딸이라면 분명 엄마가 준 것보다 자신이 원하는 드레스를 골라 입을 것이다. 그때까지 웨딩드레스를 보관할 거라는 확신도 없었다.

오히려 결혼 20주년 기념으로 리마인드 웨딩 사진을 찍을 때 입는 게 더 현실적이었다. 잠깐 그 부분에 대해서도 생각했다. 하지만 결혼 기념사진을 찍는다고 해도 거추장스러운 웨딩드레스를 입고 높은 구두를 신을 일은 없을 것 같았다. 리마인드 웨딩 사진을 찍게 된다고 해도, 흰 셔츠에 흰 바지를 입고 싶었다. 남편도 나와 똑같이 입히고 머리에 짧은 면사포를 쓴 채 작은 꽃다발을 들면 충분할 것 같았다. 담백한 차림의 사진이 남는다면, 그로부터 20년이 지난 뒤에도 마음에 드는 웨딩 사진이 되지 않을까? 아무리 생각해도 남겨둘 이유가 없었다. 남편은 웨딩드레스를 보며 고민하는 나를 보고 거들었다.

"가지고 있으면 뭐 해."

웨딩드레스 사진을 찍어 중고 마켓에 구매한 가격의 10분의 1로 올렸다. 아무 소식 없이 일주일이 흐르고 나서야 알림이 울렸다. 웨딩드레스에 관심을 보인 사람은 바로 그날 저녁에 구매하러 오겠다고 했다. 갑자기 한쪽에 걸려 있던 웨딩드레스가 예뻐 보인 것은 그릇된 욕심이었다.

그날 저녁, 구매자를 만나 거래를 했다. 돈을 받고 파는 건데도 구매자는 내게 연신 감사하다고 말했다. 그러다 대뜸 나에게 웨딩드레스 활용 계획을 알려주었다. 자신의 리마인드 웨딩 사진을 촬영할 때 입고, 미국에서 결혼식을 올리는 조카에게 선물할 것이라고 말했다. 좋은 선물을 하게 될 것 같다고 내게 거듭 고마움을 전했다.

괜스레 기분이 이상해졌다. 웨딩드레스에게 두 번의 기회를 더 주기 위해 여태껏 가지고 있었던 것일지도 모른다는 생각이 들었다. 내 웨딩드레스는 무슨 복을 타고난 걸까. 호주에서 태어나 한국으로 왔다가 다시 미국으로 간다. 그다음 목적지도 있을까?

나의 웨딩드레스는 적당한 때에 좋은 사람을 만나 몇 명의 사람들에게 추억을 선사하게 되었다. 나에게는 불편한 마음만 갖게 하던 물건이 누군가에게로 가서 제 몫을 해낸다. 개운한 마음이 남았다. 이런 날은 유난히 잠이 잘 온다.

#냉장고 정리

오래된 식재료를 비우고
너무 많이 샀었나
오래된 라임
그동안 못 본 척 넘긴 오염을 닦는다
잘 닦인다!
내가 먹은 것과
내가 먹을 것을 생각한다
다음 번엔 찌개에 넣어서 끓이고…
먹고 사는 일에 마음 쓰는 시간
개운하네

2장

있는 그대로 있기

무모한 도전은 하지 않을래

친구의 언니에게서 오랜만에 연락이 왔다. 언니가 다니는 회사에서 제작하게 될 영어 교육 콘텐츠를 내가 맡아주면 좋겠다고 했다. 콘텐츠의 샘플 영상을 보내주면서 이 정도의 작업이 가능할지 물었다. 단순한 형태의 캐릭터와 간단한 움직임이 있는 애니메이션이었다. 내가 충분히 해낼 수 있는 일이었다. 언니에게 할 수 있을 것 같다고 답했다.

물론 내가 하고 싶다고 맡을 수 있는 일은 아니었다. 다른 업체들과의 경쟁에서 살아남아 일을 따내야 했다. 언니는 비밀스럽게 나와 맞붙게 될 다른 회사들에 대해 귀띔해주었다. 모든 회사가 교육용 애니메이션을 전문으로 하는 역사 깊은 곳이었고 규모도 컸다. 즉, 전문가들이란 말씀.

쉽게만 생각하고 있다가 정신이 번쩍 들었다. 나는 애니메이션을 전문으로 제작하는 업체가 아니었고, 직원도 없는 1인 프리랜서였다. 직접 만든 애니메이션으로 외부에서 인정받은 적도 없었다. 심지어는 애니메이션 감독이 되겠다던 꿈을 아주 쉽게 내다 버리기까지 했다. 애니메이션 제작에 손을 놓은 지도 긴 시간이 흘렀다. 잠깐, 이거 내가 해도 되는 일인가?

하지만 사람은 돈 앞에서 약해지기 마련이다. 예상 제작 비용을 듣는 순간 반드시 해야만 한다는 생각만 들었다. 왜 이렇게 돈을 많이 주는 거지? 큰 기업은 통이 커도 너무 크다면서 김칫국을 시원하게 마셨다. 두둑해진 통장은 상상하기만 해도 짜릿했다. 그러나 곧 내가 제작해야 할 영상의 분량을 보고 그 금액을 이해할 수 있었다. 짧은 애니메이션이긴 했지만, 그 콘텐츠를 수십 개나 만들어야 했다. 그것도 단 몇 개월 만에. 많은 돈이 아니었구나. 줄만하니까, 그만큼 줘야만 할 수 있으니까 주는 거였구나. 큰 회사가 굳이 손해 보는 장사를 하지 않겠지. 암, 그렇고 말고. 씁쓸해졌다.

열심히 머리를 굴려봤지만 내가 할 수 없는 일이었다. 분량은 둘째치고 몇 달 만에 해내는 건 무리였다. 나에게 교육용 애니메이션 제작 경력이 있었다면, 일의 규모에 맞춰 인력을 충원할 수 있는 능력이 있었다면, 최소한 이 일을 해낼 수 있다는 자신감 하나만 있었어도 최선을 다해 작업에 몰두했을지도 모른다.

하지만 나는 5분짜리 영상 하나도 겨우 만드는 사람, 제작 인력을 어디서 어떻게 구해야 하는지도 모르는 사람, 믿을 만한 사람을 찾아서 누군가를 고용해 이끌어본 적도 없는 사람이다. 그래도 큰돈이 욕심이 나긴 했다. 쉽게 포기하고 싶지 않아서 머리를 열심히 굴려보았다. 애니메이션과는 무관하지만, 영상 관련 일을 하는 남편을 단기간에 치열하게 훈련하면 둘이서 어떻게 해낼 수도 있지 않을까? 그런 위험한 생각을 했으나, 남편을 위해 그러지 않기로 했다.

결론이 나왔다. 내가 하면 안 되는 일이다. 아무리 큰돈이 욕심나도 이건 아니었다. 정해진 일정까지 납품하지 못해 계약 불이행으로 법정에 선 내 모습이 눈앞에 스쳐 지나갔다. 이 불행한 상상이 상상만으로 끝나지 않을 수도 있다.

결국 그 일은 떠나갔다(실은 진행조차 되지 않았다). 당연히 큰돈도 물 건너갔다. 잠시나마 두둑해진 통장을 상상하고, 1년은 그 돈을 야금야금 쓰며 아무 일도 하지 않아도 되겠다는 헛된 희망을 품었던 나는 정신을 번뜩 차렸다. 돈은 참 달콤하고 무섭단 말이야.

#근처에 있는 욕망

수많은 욕망이 있다
좋은 집에 살고 싶은 욕망
으리 으리
너무 높은 데
보다는 10층 쯤에
살면 좋겠어
좋은 차를 타고 싶은 욕망
저 차,
살래 나…
내가 하는 모든 일이 잘되길
바라는 욕망
대박 났으면…
타닥 타닥

하지만 먼 곳의 욕망을
욕심내지 않는다
우선 최선을
다하자!
억지로 참지도 않는다
좋은 집 좋지
좋은 차도
좋지
당연히
성공도…
먼 곳의 욕망은 먼 곳에 남겨두고
다 왔다!
지금 여기 있는 내가,
여기서 행복하면 좋겠다
Bakery
그것조차 욕망일지 모르지만
먹을 거
사왔다~
와~
적어도 그 욕망은 내 근처에 있다
지금은
여기가
최고야!

원하는 것만 넣은 샌드위치

여기는 서브웨이. 빵부터 소스까지 내가 원하는 것들로 채워진 샌드위치를 사 먹을 수 있는 샌드위치 전문점이다. 외출 후 집으로 가는 길에 점심으로 먹을 샌드위치를 사러 왔다.

직원은 내가 원하는 것만 넣은 샌드위치를 만들어준다. 샌드위치가 만들어질 때까지 직원과 나는 질문을 하고 답을 하는 과정을 거친다. 주어진 질문에 대답할 시간은 체감상 너무나도 짧다. 빨리 대답하라고 누가 재촉한 것도 아닌데 내 뒤에서서 기다리고 있는 사람들도 신경 쓰이고, 나만 바라보고 있는 직원도 신경 쓰인다. 그래서 최대한 빠르고 신속하게 대답할 준비를 한다.

주문이 시작되기 전에 메인 재료가 될 메뉴를 골랐다. 내가 고른 것은 세 가지 종류의 햄이 들어간 메뉴였다. 메뉴를 정하기 바쁘게 내 차례가 되었다. 심장이 빠른 속도로 뛰었다. “주문하시겠어요?”라는 말이 출발을 알리는 신호탄 같았다. 그 말을 시작으로 질문이 연이어 이어졌다. 나는 바로바로 취향에 따라 선택했다. 빵의 크기와 종류를 골랐다. 그다음에는 치즈 종류를 고르고, 넣고 싶지 않은 채소를 골랐다. 마지막으로 샌드위치를 한층 더 맛있게 해줄 소스도 두 종류나 골랐다.

채소를 넣을 때는 특히나 주의를 기울였다. 채소 종류 중에는 오이와 피클도 있었다. 안타깝게도 나는 오이와 피클을 먹지 않는다. 음식 안에 오이와 피클이 들어가는 순간 그 음식은 나에게 더 이상 음식이 아니었다. 오이나 피클을 넣지 말라는 요청에도, 떡하니 그들의 존재가 내 음식에 끼어들어 있던 불상사를 겪은 경험도 많았다. 유난스럽게 두 번이나 반복해 오이와 피클을 빼달라고 말했다. 그런데도 바쁜 직원의 손에는 어느덧 오이가 들려 있었다.

속으론 소스라치게 놀랐으면서 차분히 오이와 피클은 넣지 말아 달라고 부탁했다. 집중해서 보지 않았다면 오이와 피클이 들어간 샌드위치를 마주하게 됐을지도 모를 일이다. 끔찍하다. 돈은 돈대로, 시간은 시간대로, 점심은 점심대로 날아갈 끔찍한 순간을 겪지 않아 다행이다.

주문하는 줄에 서 있으면 의도치 않게 다른 이들의 취향을 알게 된다. 나를 제외한 다른 손님들은 자주 오는 숙련자들인지 직원이 묻기도 전에 자신이 원하는 대답을 착착했다. 기본적으로는 빵과 메인 메뉴, 치즈 정도를 넣고 빵을 잠깐 구웠다. 그런데 내 뒤에 있던 손님은 양파와 피망도 함께 구워달라고 요청했다. 그런 것도 된다고? 그 말을 듣자마자 살짝 놀라버렸다. 나와 달리 직원은 익숙하게 피망과 양파를 올린 빵을 오븐에 넣었다.

바로 앞의 사람은 나처럼 오이와 피클을 빼 달라고 했다. 오이를 좋아하지 않는 취향을 가진 그 손님에게 내적 친밀감이 생겼다. 취향이 같다는 이유만으로 생긴 반가운 마음을 꾹 참았다.

내가 원하는 것들로 채워진 샌드위치를 우유 한 잔과 함께 먹었다. 한 끼 식사로 나쁘지 않았다. 다양한 채소를 한 번에 먹을 수 있어서 좋았고 빵도 맛있었다. 다만 내가 고른 햄은 많이 짰다. 입에 맞지 않았을뿐더러 내가 고른 칠리소스가 햄을 더 자극적으로 만들어서 혀가 얼얼했다.

싱거운 걸 좋아하는 나는 무슨 생각으로 칠리소스를 넣었을까. 마요네즈만 넣어도 충분했을 텐데, 아니 딱 맛있었을 텐데. 다른 사람들이 선택한 소스를 넣었으면 더 맛있는 샌드위치를 먹을 수 있었을까? 그렇다고 해도 내가 먹어보지 않았으므로 장담할 수 없는 일이었다. 다른 사람들에게 인기 있는 소스라고 해서 내 입에, 내가 고른 샌드위치에 어울릴 것이라는 확신은 없었다.

다음에는 어떤 메뉴를 고르고 어떤 소스를 고르면 좋을까. 얼마나 많은 도전을 하면 내 입맛에 딱 맞는 샌드위치를 만들어낼 수 있을까. 샌드위치 속을 채우는 일로 한동안 머릿속이 분주해졌다. 그러다 샌드위치를 직접 만들어 먹는 게 속 편하겠다는 결론에 다다랐다.

#샌드위치 같은 인생

인생을 비유하는 취미가 있다

제멋대로 산다

우리 집 강아지는 제멋대로다. 사료를 잘 먹다가도 가버리고, 먹고 싶지 않으면 입에도 대지 않는다. 맛있는 간식만 달라고 보챈다. 사료를 먹이기 위해 물에 불려주고, 흥미 유발 및 갖은 노력을 해도 자기가 먹고 싶지 않으면 절대 먹지 않는다.

한참을 자던 강아지가 일어나선 토닥토닥 발소리를 내며 베란다 창문 앞으로 간다. 창밖을 보고 싶은 강아지는 창문 앞에 선 채 한참이나 버티고 서 있다. 창문을 열어 밖을 보여줄 때까지 아련한 눈으로 나를 바라본다. 앉아 있던 나는 어쩔 수 없이 자리에서 일어나 강아지 쪽으로 가, 홀린 듯 창문을 열어준다. 그러면 또 안아달라고 쳐다본다. 높은 곳에서 창밖을 보고 싶다는 의미다. 나는 강아지를 안고 함께 창밖을 바라본다.

산책하러 가도 자기가 원하는 길로만 가고 싶어 하고, 집으로 들어가고 싶지 않으면 문 앞에 버티고 선다. 몸집은 작으면서 힘은 어찌나 센지 기싸움을 하다가 결국엔 강아지를 들어 올린다. 아주 제멋대로에 고집까지 센 강아지다.

반려인과 반려동물은 닮아간다던가. 어쩐지 강아지와 내가 달라 보이지 않는다. 솔직히 말해 나도 제멋대로 산다. 강아지처럼 하고 싶은 것을 하고, 하고 싶지 않으면 하지 않으려고 한다. 분명 득이 될 일도 내키지 않으면 하지 않는다. 아쉬울 거 하나 없는 사람처럼 제멋대로 굴고 있다. 아쉬운 게 많으면서도 고집을 부린다. 강아지는 귀엽기라도 하지.

나에게 일을 맡겨주는 것에 언제나 감사한 마음을 가지지만, 돈을 버는 일 앞에서도 나는 제멋대로다. 일을 골라서 할 처지가 아닌데도 일을 고르고 있다. 한 푼이 아쉬운 처지에도 하고 싶지 않은 일은 끝내 거절한다. 나와 맞지 않을 것 같거나 내가 할 수 없는 일은 시작하지 않는다.

가끔은 내가 할 수 있고, 심지어는 재밌게 할 수 있는 일이라도 하고 싶지 않아지기도 한다. 일을 사이에 둔 '사람' 때문이다. 일로 만난 사람들은 대부분 매너가 좋다. 문제없이 맡은 일을 잘 진행해야 하기 때문에 서로 예의를 차린다. 그런데도 종종 무례한 사람을 만나게 된다. 함께 하는 일이 아니라 시키는 거라는 수직적인 태도를 가진, 본인이 돈을 주는 사람이라는 오만한 사람을 만나게 될 때가 있다. 인간적으로 내보이는 친절함을 우습게 여기는 사람도 있다. 그럴 땐 금액이 커도, 하고 싶은 일이더라도, 나에게 도움이 되더라도 하지 않는다. 그 일을 하게 된다면 내 태도마저 나빠져 좋은 작업물이 나오기 어렵다. 결국 좋은 점이 없다. 그래서 하지 않는다.

대신 하고 싶어서 하는 일에 애정을 쏟는다. 들어온 의뢰가 재밌을 것 같거나 흥미로워 보이면 망설이지 않는다. 낯선 일이더라도 경험을 통해 나에게 잘 맞는지 실험을 해본다. 즐거운 마음으로 일에 빠지면 하길 잘했다는 생각이 든다.

특히 마음이 잘 맞는 사람과 일하는 건 무척이나 기쁘다. 서로 의논해서 발전된 형태로 만들어가는 과정에 보람을 느끼고 그에 따른 성취감도 크다. 하나의 목적을 이루고 무사히 잘 완성해내기 위해 한마음이 되는 과정을 겪으면 일일지라도 즐겁게 해낼 수 있다. 이렇게 번 돈이 적을지라도 뿌듯함을 느낀다. 시간이 아무리 흘러도 그 순간을 떠올리면 저절로 기분이 좋아진다.

제멋대로 살고 있다고 해서 나를 방관한 것은 아니다. 나는 나에게 소홀하지 않았고, 내가 잘되기를 누구보다 바라며 자신에게 성실하기 위해 노력한다. 내가 하는 말을 듣고 내가 원하는 것을 얻기 위해 예민해진다. 오히려 제멋대로 살기 위해 지금 더 애쓰고 있는 것은 아닐까?

나는 우리 집 강아지가 계속 제멋대로 살았으면 좋겠다. 하고 싶지 않으면 하지 않고, 원하는 것이 있다면 얻으려고 버티고, 하고 싶은 것은 신나게 하면서 즐거움을 얻으면 좋겠다. 좋아하는 것을 실컷 했으면 좋겠다. 나도 마찬가지다. 나를 위한 삶을 고집할 수 있게 더 힘을 써야지.

#까다로운 입맛

만나도 되는 사람일까?
해도 되는 일일까?
작업 의뢰 문의 드립니다
가도 되는 곳일까?
WEL COME
살아갈수록
까다로운 입맛을 갖게 된다
나를 지키기 위해선 까다로울 필요가 있다고 봐
WEL COME

#숨겨진 마음

우리 집 강아지는 동물을 만나면
반갑다고 짖는다
구름아~!
강아지 놀란다!
?
왕
왕
구르미
5세
가까이 가고픈 마음을 서툴게
표현한다
죄송해요!
강아지가 사회성이
조금 없어서…
킁킁
가끔 서툰 표현을
알아주는 사람을 만난다
너는 다
좋아하는 구나?
?
킁
나도 숨겨진 마음을 알아보는
사람이 될 수 있을까?
사람도
개도
다~ 좋은
거야.
그렇지?
!!!

미안해.
나도 너의 마음을
제대로 몰랐던 것
같아.

없는 게 취향입니다

가구나 조명처럼 인테리어에 필요한 물건들을 구경하는 것을 좋아한다. 해외 가구 사이트를 둘러보기도 하고, 핀터레스트 같은 사이트에서 인테리어 스타일을 찾아보기도 한다. 디자이너의 비싼 가구를 보는 것도 무척 좋아한다. 부지런히 손가락을 움직이며 세상에 있는 멋지고 아름다운 가구들을 실컷 눈에 담는다. 보는 것만으로도 즐거워져서 가구를 살 계획도 없으면서 적극적으로 구경한다.

사람이 사는 집에도 관심이 많다. 요즘에는 인터넷이나 SNS에서 정성껏 꾸며진 집을 쉽게 볼 수 있다. 인기 있는 인테리어 사이트에 들어가면 다른 사람들의 집들이 사진을 볼 수 있다. 클릭만 하면 얼굴도 모르는 사람들의 온라인 집들이에 초대된다. 초대한 적도, 초대받은 적도 없는데 당당하게 남의 집 문을 불쑥 열고 들어가는 기분이다.

다른 사람들의 집을 보면 각자가 가진 취향이나 생활 방식이 보인다. 원목 가구나 따뜻한 분위기의 집, 귀여운 소품들을 잔뜩 모아둔 집, 식물로 방을 채운 집, 먼지 한 톨 없을 것처럼 깔끔한 집. 그 집에 사는 사람들을 직접 만나보지 않아도 그들의 취향을 한눈에 알 수 있다.

유행하는 물건으로만 채운 집도 있다. 하지만 유행을 따라가는 게 꼭 나쁜 것이라고만은 생각하지 않는다. 그렇게 하나씩 채워보면서 자신의 취향을 찾게 될 테니까. 취향을 알기 위해서는 유행을 염탐하는 과정이 필요하다. 직접 구입해서 사용해보지 않으면 알 수 없는 것들이 많다. 인테리어뿐 아니라 여타 분야에서도 해당되는 이야기다. 그렇게 하나씩 경험하면서 자신의 취향과 기호를 찾게 된다.

나도 그런 과정을 겪었다. 유행하는 물건도, 단순히 갖고 싶은 물건도 사보았다. 그 과정에서 마음에 들지 않아서, 기대에 못 미쳐서, 내 생활 방식에 맞지 않거나 나에게 어울리지 않아서 하나씩 하나씩 삶에서 정리했다. 그 결과로 취향을 얻었다. 나는 없는 게 취향이다. '없음'이 나에게 딱 맞는다.

우리 집에는 취향을 드러내는 물건보다 생활에 필요한 물건이 많다. 사용하기 편하고 실용적인 물건으로 채워져 있다. 오래 쓸 수 있는 튼튼한 것들로 골라 집에 들였다. 우리 집의 한 부분을 사진으로 찍어 인테리어 사이트에 올린다면 어떤 스타일로 정의할 수 있을까. 마땅한 단어를 찾을 수 없다. 깔끔을 말하기엔 애매하고, 미니멀 인테리어라고 하기엔 어딘가 꽉 찬 느낌이다.

우리 집은 그런 모호한 집이다. 불만은 없다. 오히려 이런 모습이라서 더 만족감을 느낀다. 사용하는 데 문제가 없고 생활에 불편함도 없어서 싫증이 나거나 바꿔야 할 필요성도 느끼지 못한다. 지금도 계속 물건을 정리하고 집에서 비워낼 생각만 하고 있다.

없는 게 취향인 사람이 된 것은 정리 때문이었다. 물건이 많으면 많을수록 할 일이 많아지는 법이다. 그 일에 버거움을 느끼는 사람이라면 물건을 적게 소유하는 편이 적절하다. 그게 더 편리하다. 내가 소유하고 있는 물건들을 줄이고 또 줄이면서 자신이 좋아하는 물건을 잘 간수하고 관리하는 맥시멀리스트를 존경하게 되었다. 좋아하는 물건을 하나씩 모으고 또 잘 정리하기까지 하는 것은 내가 보기엔 무척이나 대단한 일이다.

예쁜 물건이나 멋진 가구를 봐도 사고 싶은 생각은 들지 않는다. 그저 보고 있는 순간이 좋다. 인테리어 사진을 보면서도 나는 우리 집에서 무엇을 빼야 하는지를 고민한다. 없는 게 취향이지만 여전히 내 마음 한편에 자리한 소비 욕구를 채우기 위해 잘 꾸며진 인테리어 사진들을 보면서 대리만족을 한다. 조금 이상한 취미 생활이라고 해도 할 말은 없다.

#신발은 신발장에

똘똘 뭉쳐야 산다,
잔재주!

유명한 피아니스트의 연주 영상을 보면 마음속 깊은 곳에서 뜨거운 무언가가 치민다. 감동이나 흥분과는 다른 느낌이다. 그렇다. 확실히 이 감정은 부러움이다. 아니, 질투인가?

피아노에 얽힌 안타까운 사연이 있는 것은 아니다. 내 자리를 빼앗긴 것도 아니다. (피아노와의 인연은 단 한 달, 바이엘을 배우다 그만두었다. 그때 내 나이 여섯 살이었다.) 단지 나는 한 가지 재능으로 큰 성공을 거둔 사람, 그 재능으로 반짝이는 사람들에게 부러움과 질투를 느낀다.

피아노 연주 영상을 보기 시작했을 때만 해도 좋은 연주를 듣는 것이 목적이었다. 음악과 피아노를 잘 모르지만 피아니스트가 보여주는 손가락의 움직임, 자신이 만들어내는 음악에 완전히 빠져버린 모습을 보면 그들이 내가 살아본 적 없는 세상에 살고 있다는 느낌이 든다. 나도 느껴보고 싶다. 시간 가는 줄도 모르고 악기 연주에 빠지고 싶다.

세계 정상에 선 운동선수나 평생 바둑만 해온 바둑 기사, 수많은 호미를 성실히 만든 장인까지도 나는 전부 부럽다. 한 가지 목표만을 위해 달리거나 어쩌다 몇십 년이 흘렀다는 말은 결코 나에게서 나올 수 없는 이야기이기 때문이다.

나는 한 가지에 푹 빠지지 못하는 성향이다. 쉽게 하던 일에 싫증 내고 조금만 힘들어져도 그만두고 도망친다(자꾸 도망치는 이야기를 하고 있어서 민망하다). 연예인을 좋아하더라도 깊숙이 빠지지 않고 한없이 느슨한 형태로 좋아한다. 좋아하는 마음이 사라져도 눈치채지 못할 만큼. 한 가지에 깊이 빠져, 전문성을 갖춘 걸어 다니는 백과사전이 될 수도 없다. 일명 '덕후'가 절대 될 수 없다.

그래서 나와 달리 꾸준하고 성실하며 열정을 갖추고 실력과 재능까지 겸비한 사람들이 부럽다. 내가 갖지 못한 능력을 가진 사람이 부러워지는 게 당연하다. 물건처럼 살 수도 없는 재능이라 더 부러운 감정이 든다.

부러워도 지는 기분을 느끼는 것은 것은 싫다. 또한 내가 동경하는 멋진 사람들과 경쟁하고 싶지도 않다. 싸울 수조차 없다. 그들이 해온 노력을 감히 헤아릴 수 없기 때문이다. 나에게 그 정도의 재능을 준다고 해도 쉬지 않고 노력해 유지할 수 있을까? 성장해나갈 수 있을까?

내가 가졌던 부러움은 아마 그 사람들이 가진 '노력'이라는 재능이었던 모양이다. 많은 걸 포기하고 단 하나에 집중해 얻은 것들은 경이롭다. 뒤편에는 보이지 않는 시간과 땀이 서려 있다. 그 노력마저도 나에겐 불가능하다는 것을 인정하고 마음 편히 부러워만 하고 있다.

내가 가지지 못한 것이 아닌 이미 내가 가지고 있는 것을 생각했다. 대단히 잘하진 않아도 할 줄 아는 것은 많다. 나에겐 잔재주가 많다. 뛰어난 재능은 없을지 몰라도 잔재주는 많다. 이것은 여기저기에 관심이 많고 해보고 싶은 것도 많으며 쉽게 싫증을 내는 성향 덕분이었다. 그냥 이런 사람임을 인정해야 했다.

내가 가진 잔재주들은 개별적으로 홀로서기를 하기에는 역부족이다. 하나씩 보면 조금씩 아쉬운 면이 있는 실력과 재능이다. 그래도 방법은 있다. 내가 가진 재주를 똘똘 뭉쳐 하나의 팀으로 만든다면 조금은 힘이 생기지 않을까? 빛이 날 수 있지 않을까? 그렇게 잔재주들은 힘을 모았고, 내 재능도 조금은 볼만해졌다. 그 힘으로 계속 무엇인가를 만들어냈다. 내가 가진 것을 인정하고 받아들였다는 사실이 더 큰 힘을 만들었다. 그렇게 믿고 있다.

만약 이 책이 재밌게 느껴진다면 내 뛰어난 글솜씨 때문이 아닐 확률이 높다. 글이 아쉽다가도 귀여운 얼굴을 한 캐릭터를 보고 마음이 너그러워졌을 것이다. 그게 이 책의 경쟁력이다. 내 잔재주들이 힘을 합친 결과다.

#보상받는 기분

일할 기회를 주려 했던 사람들 덕분이다

사람마다 가진 감각이 다르니까

대학교 여름방학 때 학교 친구 소개로 아르바이트를 하게 되었다. 다른 학교 미대 교수님의 작품을 돕는 일이었다. 대학생이 받기엔 하루 일당이 짭짤해서 고민할 것도 없이 바로 하겠다고 답했다.

우리가 일하게 될 곳은 우리를 고용한 교수님이 재직 중인 대학교였다. 다른 학교에 일을 하러 왔다는 것이 신기하고 이상하게 느껴졌다. 낯선 학교 안을 헤매다가 우리가 일할 건물을 찾아 들어갔다. 책상이 40개 정도는 들어갈 크기의 강의실의 반을 채운 설치작품이 천장에 매달려 있었다. 내 손길을 받을 작품이자 내가 할 일이었다. 간단히 사람들과 인사를 나누고 작업하는 방법에 대한 설명을 들었다.

우리가 할 일은 선과 선을 연결해 속이 빈 입체 덩어리를 만들고, 우리 앞에 놓인 커다란 덩어리는 더 크게 만들면 되는 간단한 일(이라고 하지만 글로 풀어서 설명하기조차 어려운 기분이 드는 건 왜일까)이었다. 친구는 설명을 듣자마자 곧잘 따라 했다. 교수님은 친구의 실력에 놀라며 자신의 작품을 물려받아서 해도 될 정도라고 극찬했다.

하지만 어쩐지 나는 제대로 해내지 못했다. 입체를 다루는 조소과 학생에다, 오랫동안 미술을 해왔지만 내 앞의 거대한 입체 작품을 만드는 일에는 쩔쩔맸다. 처음엔 자신에게 놀랐다. 손으로 하는 것도 눈으로 따라 하는 것도 무엇이든 뚝딱해내던 나인데 아무리 해도 마음처럼 되지 않았다. 일을 하는 동안 자연스레 위축되어 있었다.

출근 둘째 날, 첫날도 아니었는데 나는 여전히 헤맸다. 교수님은 내 작업물을 유심히 보더니 언짢은 얼굴을 했다. 그러다 나를 불러 내일부터 그만 나와도 된다고 말했다. 점심을 먹기도 전이었다. 어제와 오늘 이틀 치 일당을 봉투에 넣어 주시면서 그만 가봐도 된다고 했다. 더 이상 도움 될 것이 없다는 의미였다. 나는 찰떡같이 알아듣고, 함께 일하던 사람들과 짧은 인사를 나눈 채 도망치듯 건물을 빠져나왔다.

촉촉하게 비가 내리던 날이었다. 내 인생 처음으로 해고를 경험하게 되었다. 그것도 미술 영역에서 거절당한 터라 나에게는 큰 충격이었다. 처음에는 자존심이 상하고 화도 났다. 하지만 이내 내게 벌어진 일의 원인을 살펴보며, 그만 나오라는 교수님의 말 뒤에 이어지던 문장을 떠올렸다.

"사람마다 가진 감각이 다르단다. 그러니까 속상해하지는 마라."

자르는 와중에 위로라고 건넨 건가?

아르바이트에 잘린 이야기는 입 밖으로 꺼내고 싶지 않은 지나간 이야기다. 하지만 내가 가진 감각과 재능을 살펴보게 하는 중요한 계기가 되었다. 그 뒤로 나는 정신을 똑바로 차리고 잘하는 것이 무엇인지, 가지고 있는 재능이 무엇인지 찾는 시간을 가졌다. 어쩌면 진작 해야 했던 일이었다.

머지않아 나는 인정했다. 나는 조소와 잘 맞지 않고, 입체적인 감각이 조금은 떨어진다. 그래서 조소에 큰 미련 없이 내가 좋아하는 작업을 할 수 있었다. 깎아내고 붙여나가는 일 대신 그림을 그리고 사진이나 영상을 다루는 작업을 했다. 잊고 있던 예술적 감각을 나에게 잘 맞는 방식으로 표현해냈다. 덕분에 만족스럽게 학교 생활을 마무리할 수 있었다.

이제는 내가 교수님이 했던 말을 한다. 비록 교수님은 위로를 위해 건넨 말이었을지라도, 나는 위로를 목적으로 두고 있지 않다. 사람들은 모두 다른 감각을 가지고 있다.

#홧김에 탕진

그래서 화가 좀 누그러졌니?

#나라서 다행이라는 결론

그리고 그런 순간을 잔뜩 만들고 싶은 나

가벼운 저녁 식사

저녁 식사는 조금 늦게 하는 편이다. 남편이 퇴근하고 집에 돌아오는 시간에 맞춰 함께 식사를 하다 보니 늦어졌다. 저녁 식사를 마치면 밤 9시가 다 되어가고, 먹은 것을 치우고 좀 쉬면 금세 잠자리에 들 시간이 된다. 다음 날 아침 일찍 일어나기 위해 잠은 오전 12시에서 12시 반 정도에 든다. 저녁에 먹은 음식을 소화할 시간이 부족하다. 그렇게 제대로 소화하지 못한 채 잠들고 일어나는 나날이 이어졌다.

아침에 일어나면 배가 아프고 몸이 무거웠다. 6시에 저녁을 먹을 때는 과식을 해도 특별한 이상이 없었다. 아무래도 늦은 저녁 식사가 문제인 것 같았다. 그럼 저녁을 아예 먹지 않으면 어떨까? 그건 별로였다. 배가 고프면 잠이 오지 않을 가능성이 농후했다. 저녁을 거르고 참다 참다 늦은 밤에 야식을 먹게 될지도 모른다. 늦은 밤에는 마음이 약해지기 마련이니까. 여러 방안을 검토하다가 가벼운 저녁 식사를 하자는 결론이 나왔다. 그렇게 남편과 나는 늦은 저녁에 허기는 채워주면서 속에 무리가 가지 않는 샐러드를 만들어 먹기로 했다.

밖에서 샐러드를 사 먹으면 참 간편하지만 직접 샐러드를 만들어 먹는 것은 간단하지 않다. 다양한 재료가 들어가는 샐러드는 준비할 것도 많고 손도 많이 간다. 아주 맛있고 풍성한 샐러드를 야무지게 만들고 싶은 내 안의 요리 세포가 꿈틀댔다. 그래도 빠르게 만들어 먹을 수 있는 딱 그만큼의 재료만 구입할 생각이었다. 만들고 치우는 데에 긴 시간이 걸리지 않는다면 집안일도 줄어들 수 있는, 말 그대로 가벼운 식사가 된다.

적은 종류로도 제대로 맛을 낼 수 있는, 샐러드 구색을 갖춘 적정 수준을 찾아냈다. 초록 잎채소에 토마토와 치즈를 곁들인다. 치즈는 부드러운 리코타 치즈와 에멘탈 치즈를 사두고 때마다 먹고 싶은 걸로 골라 넣는다. 빠지면 아쉬운 빵도 준비한다. 적당한 두께로 잘라 얼려둔 호밀빵을 꺼내 프라이팬에 살짝 구워낸다. 드레싱은 따로 없고 올리브유, 발사믹 식초 약간과 집에 있는 견과류를 뿌려주면 끝이다.

그럼 저녁 식사가 뚝딱 완성된다. 때때로 그래놀라를 넣은 요거트를 함께 먹기도 한다. 배가 찰까 싶지만, 샐러드 한 접시만으로도 충분한 끼니가 된다. 기분 좋은 배부름을 느낄 수 있다.

샐러드로 저녁 식사를 대체한 뒤로는 아침에 속이 불편해지는 상황이 없었다. 자기 전에 이미 소화가 되는지 기분 좋게 잠들어 가벼운 아침을 맞는다. 평일 저녁에만 먹기로 한 샐러드는 자연스럽게 주말 저녁까지 이어졌다. 다이어트나 식단 조절을 위해서가 아니라 가벼운 식사를 위한 샐러드라 거부감도 없고 반항심(?)도 생기지 않았다. 마음가짐과 이유가 중요한 이유다.

늦은 저녁에 라면이 먹고 싶어지거나 야식이 당겨도 내일 아침에 겪게 될 불편함을 떠올린다. 오전 내내 불편한 속 때문에 기분마저 불쾌해질 것이 싫어서 그 순간을 참아낸다. 살찐다는 말이나 몸에 안 좋다는 소리보다 당장 내일 나에게 일어날 일을 떠올리면 더 좋은 판단을 하게 된다.

어느 순간부터 가벼운 것들을 좋아하게 되었다. 가벼운 마음을 갖는 것, 가벼운 삶을 살도록 노력하는 일이 좋다. 가볍다는 말은 한없이 가볍게 느껴지지만 중요한 것에 집중하게 하는 마음이 가득 담겨 있다. 가벼운 것들을 더 늘려가고 싶다.

#나를 대접한다

팩에 든 과일즙을 마실 때
APPLE
JUICE
굳이 컵에 옮겨 담고
유리 빨대를 꽂는다
APPLE
JUICE
두 입 마시면 사라지는
짧은 순간에도
나를 대접하는 마음으로

발이 커서 다행이야

지난 1년간 신발을 사지 않았다. 정확하게는 사지 못했다. 지난여름에 새로운 여름 샌들을 하나 구매하려고 했지만 내 마음에 들면서 내 발 크기에 맞는 샌들을 찾는 데에 실패하고 말았다.

나는 큰 발을 가지고 있다. 어릴 때부터 발 크기만큼은 언제나 또래 친구(남자와 여자 다 포함이다)들을 앞서 있었다. 그 덕분에 구두나 샌들을 살 때마다 어려움을 겪었다. 내가 신고 싶은 샌들은 예쁜 여성화인데, 시중에 나온 여성화는 내 발에 들어갈 생각도 하지 않았다. 많은 신발을 신어보니 이제는 눈대중으로만 봐도 신발이 내 발에 맞지 않는다는 걸 알 수 있게 되었다. 발가락 하나쯤 들어가다 말 거라는 걸.

내 발에 꼭 맞는 샌들을 사는 방법이 아예 없는 건 아니다. 맞춤 제작을 하는 신발 가게에 가서 신발을 맞춰서 신으면 된다. 하지만 미리 신어보지 못하고 주문을 해야 한다는 것이 부담스러웠다. 맞춤 제작까지 한 신발은 환불이나 교환도 어렵다. 해외 직구나 큰 발 전용 신발 쇼핑몰이 있지만, 신어보지 않고서는 절대 신발을 사지 않는다는 나만의 원칙이 있으므로 옵션에 두지 않는다. 이런저런 이유로 결국엔 새로운 여름 샌들을 사지 못했다. 덕분에 오래된 여름 샌들을 이번 여름에도 잘 신었다. 어쩌면 내년 여름에 한 번 더 부탁해야 할지도 모르겠다.

내가 가진 여름 샌들은 호주에서 산 것이다. 호주에서는 내 발 크기가 평균이라 어떤 신발 가게에 가도 발에 꼭 맞는 신발을 발견할 수 있었다. 최대 275~280mm까지 판매되는 곳도 많아서 선택할 수 있는 디자인도 다양했다. 모든 신발을 신어보고 신중하게 고를 수 있었다. 발 크기에 맞춰 신발을 구입해야 하는 일은 없었다.

몇 해의 여름을 견딘 샌들은 앞부분이 해지거나 가죽이 바래졌고, 발바닥이 닿는 부분은 짙게 태닝이 되었다. 다른 선택지가 없어서일까. 샌들이 아무리 낡아도 내 눈엔 그저 최고의 신발로 보인다.

발이 큰 게 싫었던 적이 많았다. 그래도 나는 내 큰 발의 장점을 찾고 있다. 발이 커서 잘 넘어지지 않고, 덕분에 다치지 않는다고. 초등학교 때 이후로 넘어져 다친 적이 없었다. 평소 조심성이 없어서 걷다가 잘 부딪히고 보도블록 사이에 발이 끼는 일도 하루에 한 번 씩은 일어나는데 그 순간에도 내 발이 땅을 지탱하고 무거운 나를 지켜준다. 탁월한 균형감각을 가져서라기보단 튼튼한 발 덕분이다. 발이 커서 좋다고 스스로에게 말한다. 발이 커서 속상해하는 어린 나를 달래려 했던 엄마와 아빠의 말을 내가 나에게 해주고 있다.

발이 크지 않았다면 내 여름 샌들은 이미 나에게서 버려졌을지도 모른다. 발 덕분에 다른 신발을 쉽게 들이지 못한다. 완전한 자의는 아니지만, 물건을 더 오래 사용하고 소중하게 다루게 되어 다행이다. 커다란 내 몸에 맞게 잘 설계된 발이라고 여기면 더 마음에 든다.

#익숙해서 잊는 소중함

갑자기 전기 주전자가 이상하다
왜 이러지?
잠잠
버튼을 눌러도 아무 반응이 없다
설마 고장이야?
코드를 뽑았다 꽂으니 정신을 차린다
휴, 됐다
익숙해서 잊고 있던 소중함을 깨달은 순간
나랑 오래가자. 잘해줄게

요리하는
시간

호주에서 살던 집에는 오븐이 있었다. 그 오븐으로 처음 빵을 만들었을 때, 좋아하는 걸 직접 만들 수 있어서 얼마나 기뻤는지 모른다.

내가 만들고도 가장 만족스러웠던 빵은 스콘과 치아바타였다. 치아바타에 도전하자마자 대성공을 거두어 일주일에 한 번은 치아바타를 만들었다. 치아바타 4개를 만들기 위해선 최소 몇 시간이 걸렸다. 대부분 발효에 걸리는 시간이다. 타이머를 맞추고 반죽을 한 번씩 뒤집는 것도 잊지 않았다. 만드는 방법 모두 유튜브 선생님들의 레시피를 참고했다. 오븐과 유튜브만 있다면 못 만들 빵이 없었다. 그렇게 만들어진 반죽을 4등분으로 자른 뒤에 예열해둔 오븐에 넣고, 시간과 온도를 맞췄다. 밀가루 반죽이 빵으로 변신하는 향기로운 순간이다.

오븐에 밀가루 반죽을 넣고 빵을 굽는 동안에 집안은 고소한 냄새로 채워졌다. 구워지면서 통통하게 부풀어 빵이 되어가는 과정을 보는 재미도 있다. 이런 기분에 잘못 취하다가는 베이킹을 전문적으로 배워보고 싶은 마음이 들고, 빵집을 열면 어떨까 하는 위험한 호기심까지 생긴다. 하지만 내가 다 먹어치워서 팔 게 없을지도 모른다고, 살만 찌고 빵집은 망해버릴 거라는 생각을 한다. 그저 집에서 하는 소소한 취미로 빵을 만들고 싶다.

이런저런 생각을 하다 보면 어느덧 맛있는 냄새가 내 코끝을 파고든다. 오븐 안으론 빵이 부풀어 있다. 이때 오븐을 열고 빵을 꺼내 잠시 식혀야 한다. 보자마자 먹고 싶어지더라도 잠깐은 참아야 한다. 입천장이 까질 순 없으니까. 빵을 한 입 베어 무는 순간, 귀찮았던 지난 시간이 해소되고 여기저기에 튄 밀가루쯤은 얼마든지 치울 수 있게 된다. 빵을 완성한 후엔 즐거운 마음으로 베이킹 후 남은 흔적들을 닦아낸다. 심지어 콧노래를 부르면서 뒷정리까지 말끔히 해치운다. 이게 바로 빵 한 조각의 힘이다.

열이 완전히 식은 치아바타는 먹기 좋게 자른다. 두 개는 샌드위치를 만들어 먹기 위해 아래위로 한 번만 잘라준다. 나머지 두 개는 발라먹거나 찍어 먹기 위해 슬라이스로 자른다. 당장 먹을 몇 개의 슬라이스를 제외하곤 모두 냉동실에 넣는다. 그럼 하루 이틀은 직접 만든 치아바타를 먹을 수 있다. 그게 좋으면서도 시간 낭비 같다는 생각에서 벗어나긴 힘들다. 동네 빵집에서 산 치아바타는 내가 만든 빵보다 훨씬 쫄깃하고 크며 맛있기까지 하니까.

나는 먹는 것도 좋아하지만 직접 만드는 것도 좋아한다. 먹는 걸 좋아하는 사람은 음식을 만드는 과정도 좋아한다는 말이 있는데, 내가 딱 그렇다. 요리하는 시간을 좋아한다. 결과와 과정 모두를 좋아하는 일이 나에게는 흔치 않건만 요리는 그렇다. 식재료를 고심해 고르고 씻어내고 먹기 좋게 손질하는 것. 맛을 보면서 부족한 재료들을 추가하는 과정에 나는 꽤 진심을 다한다.

요리를 하는 동안 생기는 집중력은 일할 때와는 다른 느낌이다. 온전히 요리에 집중하고 맛있게 만들어지는 순간을 기다리는 동안 나는 엄청난 보람과 즐거움을 얻는다. 누군가가 맛있게 먹어주기까지 한다면 더할 나위 없다. 사실 나 혼자서도 잘 먹으니까 상관은 없지만.

내가 정말 잘나가는 사람이 돼서 일이 많아진 탓에 요리하는 시간과 즐거움을 포기하게 된다면? 기분 좋은 상상을 한다. 그렇게 되면 요리를 하지 못해 아쉬워하다가 머지않아 다른 사람이 만든 음식을 사 먹는 재미에 빠져 지내게 될 것이다. 그렇게 또 다른 기쁨을 누리지 않을까? 어찌 됐든 한동안은 그리 바쁘지 않을 것 같으니 요리하는 즐거움을 뺏길까 두려워할 필요는 없다. 지금, 나에겐 요리할 시간이 넉넉히 있다.

#스탠 팬 다루기

스테인리스 팬을 잘만 다루면
오래 사용할 수 있다
코팅 팬은 수명이 조금 짧아…
코팅 벗겨진 코팅 팬

요리의 맛도 더 좋아진다
바꾸는 김에
스탠 팬을 써볼까?

한참을 고민한 뒤
팬을 구입했다
쓰기 어렵다던데..
내가 할 수 있을까
그래.. 해보자!

설명서대로, 인터넷에서 본 대로
성실히 따라서 하지만
충분히 달궈준다
약간 식혔다가…
기름을 두르고…

번번이 실패하다가
계란 지단은 잘 되는데
왜 후라이는 안 되지?
눌러 붙은 후라이

어느 날 처음으로
계란프라이 만들기에 성공했다
해냈다!!!

고작 계란프라이 하나
성공한 것인데
했다! 해냈어!
두 달만에 처음으로!!

삶을 살아가는 데 필요한 능력치가
한 단계 상승했다
나 이제 스텐 팬 다룰 줄 안다!

여전히 쉽지는 않다
이번엔 실패다..

그래도 해냈던 기억이 있어서
기죽지 않는다
다음엔 되겠지

옷장에 취향 한 스푼

내 옷장에는 무난한 색의 옷이 많다. 옷의 디자인도 무난함 그 자체다. 코트 하나와 치마 하나를 제외하면 모든 옷이 어떤 문양도 없는 단색이다. 색깔도 대부분 하얗거나 검다. 군데군데 내가 좋아하는 파란 계열의 옷이 몇 벌 있을 뿐이다. 모든 외출복의 수를 세어보니 겨울 외투까지 포함해서 스무 벌이었다. 입지 않은 옷을 정리하고 입는 옷만 남겨두느라 다소 옷장이 단출해졌다.

많은 옷을 가지고도 자주 입는 소수의 옷이 있는 것보단, 적은 양이더라도 안 입는 옷 없이 모두 열심히 입는 편이 더 좋다. 돈 낭비를 하지 않을 수 있고 쉽게 버려지는 옷도 없다. 적은 옷으로 의생활에 만족하려다 보니 내가 가진 옷들이 조화로울 수 있도록 신경 썼다. 화려함이나 눈에 튀는 스타일과는 거리를 두고 어디에나 잘 어울릴 수 있는 기본 디자인의 의류만 옷장에 두었다.

이런 내 옷장을 어느 때보다 좋아하고 있지만 아쉬운 부분도 있다. 내가 좋아하는 알록달록한 색감을 옷에서는 기대하기 어렵다는 점이다. 나는 알록달록한 것을 좋아한다. 예전에는 손톱을 알록달록한 색으로 칠하고, 귀걸이도 무조건 알록달록한 제품을 사서 착용했다. 색이 많은 게 내 눈에 보기 좋았고, 몸에 걸친 색감들로 나의 개성을 보여줄 수 있다고 생각했다. 그래서 형형색색의 물건들을 모았고 사용했다.

하지만 문제가 있었다. 나는 그런 색들과 어울리지 않았다. 내 얼굴은 밋밋하고 평면적이어서 알록달록한 색감을 가진 화려한 옷으로는 내가 가진 장점이 잘 드러나지 않았다. 옷만 둥둥 떠다니는 것처럼 보였다. 화려한 장신구나 화장이 부자연스럽게 느껴졌던 것도 타고난 특성의 영향이었다. 알록달록한 색감들과 멀어지면서 색색의 액세서리도 정리했다. 작은 액세서리 상자 안에는 단순한 형태의 은귀걸이나, 작고 반짝이는 것

한두 개가 전부였다.

물론 어울림과 어울리지 않음은 그리 중요하지 않다. 내가 입고 싶으면 입으면 되지만, 나의 경우에는 어울리지 않는 것을 입으면 기분이 다소 가라앉았다. 그래서 그 옷들이 내 옷장에서 조금씩 자취를 감추게 되었다.

그렇다고 확고한 취향을 완전히 버릴 수는 없었다. 어딘가에서는 내 취향의 색깔을 표현하고 싶었다. 그래서 선택한 것이 양말이다. 가지고 있는 양말들을 활용해서 색의 재미를 주는 편을 택했다. 심심한 옷차림에 색깔 양말을 신는다. 그것으로 충분하다. 좋아하는 알록달록한 양말을 신은 내가 여기에 있다. 사람들 눈에 크게 띄지 않아도 내가 알고 있으니 괜찮다. 완벽이란 자기만족에서 기인한다.

주의할 점도 있다. 색이 들어간 양말이 주는 재미를 좋아한다고 해서, 양말이 부피를 크게 차지하지 않을 거라고 방심하면 큰일 난다. 양말의 개수를 늘리기보다 필요한 만큼만 적당히 가지려는 노력이 필요하다. 잊지 말 것! 내 발은 두 개고 특별한 일이 없다면 양말은 하루에 하나만 신는다.

언젠가는 다시 마음이 바뀌어 모든 양말이 하얀색으로, 또는 검은색으로 달라질지도 모른다. 그래도 아직은 알록달록한 양말을 포기할 수 없다.

#가지고 싶었던 옷장

패딩 하나와 코트 하나를
옷장에서 꺼냈더니
다음 겨울까지 캐리어에 들어가 있자~
내 옷장은 곧바로
봄을 위한 옷장이 된다
봄 옷장으로 변신!
그 옷장으로 여름을 보내고
가을을 보낸다
여름되면 여름 옷장!
가을에는 가을 옷장
가지고 싶었던 옷장이다
작지만 알찬 옷장!

시간 관리를
잘하지 못해도

일정이 촉박한 일을 서둘러 하기 위해 평소보다 일찍 일어나기로 했다. 밤늦게까지 일하고 싶었지만 끝내 쏟아지는 잠을 이기지 못했다. 내일의 나에게 오늘의 나를 부탁하고 따뜻한 이불 속으로 들어갔다. 오전 5시에 맞춰둔 알람이 울리기도 전인 4시 20분에 눈이 떠졌다. 괜히 조급해진 마음 탓이었다. 조금이라도 더 자보려 눈을 꾹 감았지만 잠은 달아난 뒤였다.

어둑한 새벽에 일어난 것이 얼마 만인지 가늠할 수조차 없었다. 그것도 일을 하기 위해 자발적으로 일어난 것은 실로 오랜만이었다. 평소의 나는 7시 무렵에나 일어났다. 그러니 무려 두 시간 반이나 빨리 하루를 시작하게 된 것이다.

깜깜한 새벽을 보기 위해 창문을 열었다. 창밖은 고요했고 완연한 가을임을 알리듯이 차가운 공기로 가득했다. 길가의 가로등은 지금이 자신의 업무 시간이라는 것처럼 부지런히 빛을 내었다. 이른 시간에도 누군가는 가로등처럼 분주했다. 주차장에서 차가 한 대 나가더니 곧 작은 트럭 한 대가 들어섰다. 내가 잠들어 있는 동안에도 누군가는 하루를 시작하고 하루를 마무리하고 있었구나.

테이블 조명을 켠 뒤 자리에 앉았다. 침대에서 함께 자던 강아지는 꼭두새벽에 일어난 나를 의아한 얼굴로 바라보았다. 유난히 조용한 새벽엔 강아지의 발소리가 더 크게 들린다. 클수록 귀여운 소리가 선명히 들려 좋은 시간이었다. 나를 빤히 보던 강아지는 책상 아래의 강아지 침대로 갔다(사실 이곳이 강아지 방이다). 괜히 깨운 것 같아 강아지에게 눈치가 보여서 배를 반복해 만져주었다. 그리고 나서야 본격적으로 일을 시작할 수 있었다.

해가 뜨지도 않은 시간에 피곤함을 이겨내고 또렷한 눈으로 일하는 내가 낯설었다. 이성의 힘이 세지는 날이 있나 보다. 아니면 내 업무 능력이 활성화되는 시간이 이른가 싶어 걱정되기도 했다. 정해진 시간 없이 혼자 일하느라 시간 관리를 엉망으로 하는 편이었다. 오전 8~9시에 일을 시작해서 오후 6~7시까지 탄력적 근무 시간을 정해두었지만 일과 시간을 제대로 활용하지 못했다. 나를 지켜보는 사람이 없으니 온통 마음대로다. 쉬고 싶고 놀고 싶은 마음만 들어 더더욱 집중하지 못했다. 밖에서 들려오는 소란도 한몫했다. 여기저기서 오는 연락도 마찬가지였다. 연락은 반갑지만 집중력을 잃게 했다. 그게 문제다. 아니, 쉽게 해이해지는 내가 문제다.

결국에는 밤늦게까지 일하는 경우가 허다했다. 하루에 단 다섯 시간이라도 온전히 집중할 수 있다면 하루 업무량을 다 채우고도 남을 텐데. 나는 그간 좀처럼 나에게 적당한 업무 시간대를 찾지 못했다. 그런데 새벽 4시가 온전한 집중이 가능한 시간 같아 두려워진 것이다. 매일 4시에 일어나는 것은 아무래도 힘들 듯한데.

대학생 때는 새벽을 제일 좋아했다. 그 시간이 주는 고요와 서정이 좋았다. 스탠드 하나만 켠 채 책상 앞에 앉아서 가장 위험한 일을 하곤 했다. 그 시절 유일한 소통 창구 싸이월드에 공개적으로 일기를 썼다. 감정적이기만 한 일기를 나름 느낌 있게 써두고 잤다. 물론 다음 날엔 비공개로 전환하거나 느끼한 부분을 수정했지만 그렇게 내 감성을 뽐내야 직성이 풀렸다.

그때나 지금이나 나는 새벽형 인간인 걸까? 여전히 새벽이 좋다. 아무에게도 연락 오지 않고, 찾아오지 않고, 말 걸지 않아 온전히 집중할 수 있는 시간이 좋다. 그렇다면 업무 시간을 살짝 조정해보고 싶어진다. 일하는 시간을 줄이고 쉬는 시간과 다른 무언가를 해볼 시간을 마련하고 싶었다.

오전 4시 30분부터 점심시간 직전까지 일하는 걸 상상해본다. 온전히 나에게 집중할 수 있는 시간을 정해볼까? 최고의 능률로 할 일을 끝내고 나머지 시간을 활용하는 하루를 계획한다. 물론 저녁 6시까지가 나와 함께 작업하며 소통하는 사람들의 업무 시간이라는 것이 걸렸다. 내 업무 시간이 지나고도 연락을 주고받아야 하는 일이 생기겠지만 괜찮지 않을까? 오히려 내가 정해둔 업무 시간이 아니라서 더 빠르고 좋은 소통이 될지도 모른다. 시도해서 나쁜 것은 없으니 내일 도전하기로 결심했다. 과연 내일의 나는 일찍 일을 시작할 수 있을까? 점심시간에 업무를 끝낼 수 있을까? 기대와 약간의 의심이 스멀스멀 피어났다.

#나는야 작은 먼지

내가 아주 작은 먼지 같더라도
나는 그냥 작은 먼지야
존재하고 있으니까
여기에 있긴 있다!
뭐라도 해볼까?
으차
나에게 귀중한 가치가 있다고 믿어볼까?
나도 해낼 수 있을 지도!

이 계절을
나는 법

#겨울_겨울에 하면 좋은 것

#봄_벚꽃 나무가 나에게 해준 것

#여름_소화제 영화

답답할 때마다 보는 영화가 있다
아~ 답답해
임순례 감독의 〈리틀 포레스트〉
이럴 땐 리틀 포레스트지.
TV
이 영화는 나에게 효과 빠른 소화제다
아 좋다
마음과 머릿속이 산뜻해진다
한적하고 따뜻한 곳으로 여행 다녀온 기분이야

#가을_좋아하는 가을을 오래 누리는 방법

입추가 지난
8월의 어느 날

선선하고 상쾌한 바람이
불어 가을 같다

가을
같아.

그래서 오늘부터 가을이라고
정하기로 한다

오늘부터
가을이야

짧아서 아쉬운 가을을 올해는
조금 더 길게 누릴 수 있으려나

아직
나뭇잎은
푸릇하지만...

3장

한창 방황할 나이

불안이 필요한 사람

악몽을 꿨다. 또 쫓기는 꿈이었다. 나는 매일 꿈을 꾸는 편인데 며칠에 한 번은 악몽을 꿨다. 자고 일어났을 때 '악몽'으로 인식하게 되는 꿈은 총 세 가지다. 누군가에게 쫓기느라 멈추지 못하고 계속 달리는 꿈, 좁디좁은 곳으로 계속 비집고 들어가는 꿈(나에겐 약간의 폐소 공포증이 있다), 비행기를 놓치는 꿈. 악몽을 꾼 날에는 꿈속에서 잔뜩 시달려서인지 충분한 수면 시간을 가지고도 개운하지 않았다. 오전까지는 저기압 상태가 계속되었다. 차라리 귀신이 나오는 꿈이나 전쟁이 나는 비현실적인 꿈이었다면 무서웠다는 감상으로 넘기겠지만 내 악몽은 찝찝한 여운을 남겼다. 현실에서 해결하지 못한 문제와 꿈 사이의 연관성 때문이었다.

그중 비행기를 놓치는 꿈을 특히나 자주 꿨다. 아무래도 호주와 한국을 몇 번씩 오가면서 생긴 염려증에서 시작된 듯했다. 그 꿈은 대체로 오늘이 비행기 타는 날이라는 것을 자각하게 되면서 시작된다. 비행기 시간은 호주로 가는 비행기가 자주 뜨는 시간과 유사하다. 저녁 8시 비행기를 타야 하는데 정신을 차려보면 어느덧 6시 혹은 7시다. 짐도 싸지 않은 채 허겁지겁 공항으로 가지만 결국엔 비행기를 놓치고 만다. 현실에서는 환불을 받거나 일정 변경을 하는 식의 방법으로 대처할 텐데 꿈에서는 그런 유연성이 적용되지 않는다. 신경 쓸 게 많은 날이나 중요한 일정을 앞두고 있어 불안함과 스트레스가 고조될 때 악몽이 잦아졌다.

나는 자주 불안하다. 편안한 와중에도 한구석에는 불안이 자리했다. 그래서 궁금했다. 나는 왜 이렇게 불안할까. 무엇이 나를 이렇게 불안하게 만들까. 한때 알랭 드 보통의 책 《불안》을 자주 꺼내 읽었다. 내 불안의 출처를 알 수 있을까 싶어서 자주 펼쳐보게 된 책이고, 여전히 그 책을 좋아한다. 그 외에도 불안에 관련한 책, 영화, 다큐멘터리를 많이 찾아서 보았지만, 그것들로 나만의 불안을 이해하기는 힘들었다. 불안을 피하려 많은 시간을 고민하며 보내도 명확한 해답은 찾지 못했다.

오랜 시간 불안에 대해 생각해서일까? 어느 순간부터는 불안이 내게 건넨 것들을 떠올렸다. 나는 불안한 마음에 움직였다. 불안해서 조심했고 불안해서 최선을 다했다. 내 인생은 한 번도 안정적으로 흘러간 적이 없었다. 그때마다 불안이 내게 힘을 줬다. 그다지 상냥한 모습은 아니었지만 어쨌든 내 손을 잡고 저 앞으로 움직이게 했다. 그런 결론에 이른 뒤엔 불안을 괜찮은 파트너로 여기기 시작했다.

불안은 대체로 나쁜 것으로 치부되어 하대당한다. 그래서 나도 불안을 싫어했다. 불안이 엄습할 때면 왜 자꾸 쫓아오냐고 밀어냈다. 하지만 불안이 없었다면 얻을 수 없던 것들이 내게는 너무 소중했으므로 불안을 끌어안기로 했다.

사실 나는 평화롭고 안정된 상태에서는 발전하지 못하는 사람이다. 편안함이 좋지만 그런 상태에서는 한층 더 게을러진다. 겨우 단단하게 만들어둔 마음은 금세 말랑하고 따뜻해진다. 즉, 안일해진다. 내가 나를 안일하게 만드는 것과 안일해지는 것은 확실히 다르다. 이럴 땐 불안이 필요하다.

나는 채찍질을 해야 움직이는 말 같다. (물론 채찍질도 과하면 문제가 생긴다. 내 위에 올라탄 사람의 손을 콱 물고 튈지도 모른다.) 당근만 주면 그 자리에서 움직일 생각을 하지 않는다. 적당한 당근에 적당한 채찍질이 필요하다. 그래야 나아갈 수 있다. 나도 그걸 바란다.

적당한 안정감과 불안감이 나에게 필요하다. 그리고 그 균형을 맞추며 삶을 살아가는 것이 지금 내가 해야 할 일이다. 잘해내고 싶은 진심 어린 마음이 불안을 만들어낸다. 나는 그 불안에 응답하기 위해, 시도 때도 없이 내 옆을 지키고 있는 불안 덕분에 부지런히 움직이고 있다.

한 권의 책을 만들어내는 과정도 크게 다르지 않다. 원고를 써서 편집자에게 보낼 때마다 마음이 불안하고 초조해진다. 엉망으로 한 숙제를 선생님께 검사 맡는 기분이 든다. 나의 첫 번째 독자이기도 한 편집자에게 어떤 소감을 듣게 될까 두렵고, 당연히 눈치가 보인다. 경력이 충분히 쌓이고 손을 대지 않아도 될 만큼 완벽한 글을 쓰는 작가라면 모를까, 아직도 성장하는 중이라고 당당히 말하는 작가는 소심해질 수밖에 없다. 하지만 그게 싫지 않다. 편집자에게 먼저 인정을 받아야 다른 독자에게도 인정받을 수 있다고 생각한다. 그래서 고치고 또 고친다. 원고를 쓰는 내내 불안이 내 곁에 세를 놓고 있지만 그래서 글을 끝낼 수 있고, 마감을 해낼 수 있다.

나는 불안이 내 곁에 있는 게 좋다. 이제는 불안이 없으면 불안해지는 아이러니한 상황이 되었다.

#돌아가는 것 같아도

시간이 없어도
바쁘다
바빠
할 건 한다
돌아가는 것 같아도
사실은 더 빨리 가는 방법이다
잘 먹고 잘 자고
힘내서 무사히 끝냈다!

#완벽한 적도 없으면서

완벽해지려는 욕심도 내려두어야지

건강한 마음과
일상을 갖는 일

유튜브에 올릴 영상을 만들기 전에 글을 먼저 쓴다. 글이 완성되면 내가 쓴 글을 읽어 녹음하고 녹음된 음성에 맞게 그림을 그리거나 영상을 입힌다. 글이 써지지 않으면 진도가 전혀 나가지 않는데, 영 글이 써지지 않는 날이 필시 있다. 빈 화면을 채웠다가 지우기를 반복하며 컴퓨터를 노려보기 일쑤다. 다음 날 오전까지 영상 하나를 만들겠다는 야심 찬 계획을 세웠더라도 글이 막히면 그 계획은 물거품이 된다.

오늘 할 일을 미루면 내일 할 일도 미뤄진다. 나는 언제나 뚜렷한 계획을 세우는데, 몸과 머리가 내 계획을 따라주지 않는다. 종일 키보드와 씨름하면 머릿속이 복잡해지고 마음은 불편해진다. 그런 내면을 투영하듯 깨끗했던 책상 위도 어수선한 모습으로 변한다. 당장 필요하지 않은 물건들과 읽고 있는 몇 권의 책, 노트들 그리고 컵도 한두 개씩 올라와 있다. 내 정신을 사납게 만드는 원인이 책상 위에 모두 널브러져 있다. 며칠간 바쁘다는 핑계로 일상을 돌보지 못한 탓이다.

그럼 나는 하던 일을 멈추고 내 일상을 돌보는 시간을 가진다. 지금 당장 필요한 것들만 책상에 남기고, 필요 없는 물건은 원래 자리에 가져다 둔다. 쓰레기는 쓰레기통에, 사용한 컵은 싱크대로. 그럼 책상 위는 빠르게 깔끔해지고, 잠깐 정리하는 시간을 가진 것만으로도 마음이 개운해진다. 내가 가장 많은 시간을 보내는 자리를 정리하고 난 뒤에 집안을 둘러보면, 거실과 부엌 곳곳에 자리를 잃은 물건들이 아무렇게나 놓인 것을 볼 수 있다. 그것들을 하나씩 집어 제자리를 찾아준다. 다른 생각은 하지 않고 내가 하루를 보내는 공간을 가지런히 정돈하는 것에만 집중한다. 그러면 내 몸과 마음 어딘가에 약간의 여유가 찾아온다. 복잡했던 내면도 정돈된다.

일상을 돌보는 일은 대체로 당연하고 익숙하며 사소하다. 분명 사소하지만 내 삶에서 그 소소한 일상을 지켜내는 것은 절대 사소하지 않다. 집안을 정돈하는 것부터 의식주를 위해 오늘과 내일, 이번 주, 이번 달을 계획하는 일, 생활비 내에서 합리적인 소비를 하는 일, 사용하지 않을 물건을 정리하거나 채워야 할 물건을 검토하는 일은 분명 나에게 충분한 쓸모가 있다.

사실은 아주 오랫동안 일상을 돌보는 사소한 일에 내 소중한 시간이 소모되는 게 아까웠다. 시시하고 하찮게만 느껴지는 일들 때문에 내가 중요하다고 여기는 것을 제대로 해내지 못한다고 생각했다. 그럴 시간에 자기 발전을 위한 일을 하나라도 더 하는 것이 좋을 것 같았다. 그러나 아니었다. 나는 자주 알 수 없는 이유로 지쳤고 쉽게 불안에 빠졌다. 그 과도기를 거치며 중요한 사실 하나를 알게 되었다. 일상은 나를 비추는 거울이다. 머리가 복잡할 때는 나를 이루고 있는 공간도 복잡해진다.

마음이 엉망이 됐을 때는 집안의 모습도 엉망이다. 내가 연신 혼란하고 복잡한 감정에 빠져 있던 이유는 일상을 지켜내지 못한 시간 때문이었다. 일상을 돌보는 일이 나를 돌보는 일이었다.

당연하고 사소한 일은 일상을 가꾸고 돌보며 유지하도록 도와준다. 그렇게 만들어진 하루가 내가 살아가는 모든 순간에 든든한 뿌리가 된다. 그 뿌리를 돌보는 일을 중요한 일로 여기게 되었다. 내가 돌보는 시간 동안 단단해진 뿌리는 결국 내가 하는 일과 해야 할 일에 힘을 보탰다. 건강한 마음과 일상은 내가 가꾼 시간에서 시작해 회복된다. 그걸 알게 된 이상 일상을 소홀히 할 수 없다.

#내 손으로 해낸 것들

간편한 게
잘 맞아

남편과 집에서 두 시간 정도 떨어진 포천으로 당일치기 여행을 다녀오기로 했다. 여행이라고 하기엔 뭐하지만 포천에서 가보고 싶은 곳을 정하고 간단하게 하루 일정을 짰다. 포천에서 빼놓을 수 없는 이동갈비 식당과 빵이 맛있다는 카페 몇 군데도 찾았다. 여행은 먹으러 가는 맛이지.

아침에 일어나 여행 짐을 쌌다. 혹시 물에 들어가게 될지도 모르니 슬리퍼도 챙기고, 여행을 기록하기 위해 카메라와 삼각대도 챙겼다. 물통 두 개에 찬물을 가득 채우고 모자와 선글라스 그리고 친구가 선물로 준 일회용 흑백 카메라도 처음으로 사용하기 위해 챙겼다. 어느새 에코백 하나가 가득 찼고, 내가 메고 다닐 가방도 뚱뚱해졌다. 남편 손에도 가방이 하나 들려 있었다. 우리 당일치기로 다녀오는 거 맞지?

이동갈비 식당에서 식사를 하는 것으로 여행을 시작하려고 했다. 휴가철인데다가 워낙 인기가 많은 곳이라 점심 식사는 진작 마감되었고, 저녁 식사부터 예약을 할 수 있었다. 얼마나 맛있길래 이렇게 인기가 많은지 궁금했지만 그렇게까지 기다려서 먹고 싶지는 않았다. 아쉬움을 뒤로 하고 옆에 있던 다른 이동갈비 식당에 갔다. 물론 이곳에서도 30분 정도 대기 시간이 있었다. 식사는 만족스러웠다.

든든히 배를 채운 우리는 산정호수로 향했다. 여유롭게 걸으며 시간을 보내려고 했는데 갑자기 비가 내리기 시작했다. 그 바람에 근처에 있던 베이커리 카페로 서둘러 들어갔다. 우리가 가려고 계획했던 베이커리 카페는 아니었지만 비를 피하는 것이 급선무였기 때문에 겸사겸사 들어가게 되었다. 카페 내에서 숨을 돌리며 당장 먹을 빵과 포장해 가져갈 빵을 샀다. 내가 가려고 계획한 곳은 아니었지만 빵도 음료도 만족스러웠다. 비가 그친 뒤에 다시 산정호수를 거닐다가 비둘기낭 폭포에도 들렀다. 그 주변에서 구경하기 좋은 것들을 죄다 둘러보고 하늘이 핑크빛으로 바뀌는 풍경을 한참이나 넋 놓고 바라보았다. 그렇게 여행이 끝났다. 정말이지 짧은 여행이었다.

집에 돌아오자마자 짐 정리를 했다. 여행에서 꺼낸 적조차 없는 짐들이 대부분이었다. 좋은 장소에서 멋진 사진을 찍겠다고 가져간 카메라는 처음에만 몇 번 들었다가 무겁다는 이유로, 비가 온다는 이유로 차에 남겨졌다. 슬리퍼도 당연히 꺼낼 일이 없었다. 물에 들어가는 것은 애당초 오늘 일정에 포함되어 있지 않았다. 우리는 물통, 지갑, 핸드폰만 있어도 충분히 만족스러운 여행을 할 수 있었을 것이다. 오히려 가볍고 간편한 여행이 되었을 것이다.

여행 초반과 후반 상황을 곰곰이 곱씹었다. 처음에는 여행이 시작되었다는 설렘에 기꺼이 무거운 카메라를 들고 다니면서 좋은 풍경을 찍으려 노력했다. 하지만 이제껏 해본 적 없는 일이라서인지 조금씩 체력이 소모되면서 좋은 풍경을 카메라에 담는 것을 빠르게 포기하게 되었다. 결국 핸드폰만 덜렁 들고 다녔다. 이동할 때도 간편했고 몸도 가벼웠다. 그 순간을 흠뻑 누릴 수 있어 좋았다.

몇 달 전에 제주도 여행을 갔을 때도 크게 다르지 않았다. 필요할 것 같은 물건들을 바리바리 가지고 갔지만 정작 사용한 물건은 별로 없었다. 숙소에서 나갈 때와 돌아올 때도 사용하지도 않을 물건을 들고 갔다가 들어오는 시간의 반복이었다. 어느 오름에 오를 때는 물통 하나와 핸드폰만 챙겨 올라갔다. 핸드폰으로만 담기에는 너무 아름다운 해 질 녘의 풍경이었다. 정상에 올랐을 때는 카메라를 챙기지 않아서 아쉽기도 했다. 하지만 무거운 카메라를 들고 다녔다면 그 멋진 풍경을 즐길 수 있었을까? 카메라에게 악감정은 없다. 사람마다 여행을 즐기는 방법은 다르니까. 단지 나는 여행에서만큼은 몸을 간편하게 만들어 가벼운 마음으로 더 많은 것을 즐기고 싶다. 그래서 짐을 줄이고 싶을 뿐이다.

다음 여행에서는 가벼운 짐으로 간편하게 이곳저곳을 누비면 좋겠다. 분명 마음도 가벼운 상태겠지?

#나에게는 플랜B가 있다

완벽한 계획을 세워도
점심은 맛집에서 먹고 그 다음에는…
완벽해!
뜻대로 되지 않을 때가 많다
CLOSED
으악 문 닫았어!
오늘 휴무도 아닌데!
그럴 땐 플랜B를 꺼낸다
그렇다면..
급하게 만든 계획이라도 상관없다
여기도 맛있다!
그러니까!
바로 옆 식당

주방 생활
마스터

주방 수건에 구멍이 송송 뚫렸다. 호주에 살 때부터 사용했던 수건이라 내 손이 닿은 지 적어도 3년은 되었다. 노랗게 물들고 해진 곳도 많아서 제 역할을 잘 해내지도 못했다. 보내줘야 할 때였다. 매일 내 손을 닦아주고 그릇을 닦던 주방 수건을 떠나보내고 새로운 주방 수건을 집으로 들이기로 했다.

새로 산 주방 수건은 일반 수건보다는 작고 행주보다는 크다. 하얗고 보송보송한 주방 수건은 싱크대 아래 서랍장에 걸쳐두고 사용한다. 전에 쓰던 얇은 주방 수건보다 빠르게 물을 흡수하고 물기가 마르는 시간도 단축되었다. 깨끗하게 빤 주방 수건을 접어서 서랍장에 넣어두면 그렇게 든든할 수가 없다. 주방 수건을 참 잘 샀다. 쓸 때마다 기분이 좋아진다.

가사를 유난히 싫어하던 내가 새삼스럽게 주방에서 좋은 기분을 느끼고 있다. 주방 수건을 좋아하질 않나, 전에는 볼 수 없던 낯선 모습을 보인다. 얼마 전에는 오래돼서 더는 쓰기 어려운 나무 수저 세트를 버리고 새로운 스테인리스 수저 세트를 들였다. 가지런히 놓인 모습이 예뻐 좋았다. 어쩌다 이렇게 되었을까? 아마 내가 주방 생활을 중요하게 여기는 사람이 되었고, 그 생활을 능숙하게 지휘하는 주부로 업그레이드되었기 때문일 것이다.

나는 더러워진 주방을 봐도 놀라거나 두려워하지 않는다. '이걸 언제 다 하지?'라는 고민에 빠져, 의미 없는 스트레스를 받기 전에 싱크대 앞에 서서 고무장갑을 낀다. 내게 주어진 미션은 단 하나! 주방을 깨끗하게 만드는 것. 최종 목표를 정하면 내 머릿속은 목표에 따른 간단한 계획을 세운다.

건조대에 있는 그릇을 선반에 넣은 뒤에 설거지를 하고 싱크대를 정리한 후 남은 음식물을 처리한다. 남편이 음식물 쓰레기를 버리고 오면 음식물 쓰레기통까지 닦아내는 계획이 머릿속에 들어찬다. 미션을 성공하기 위해 움직이기 시작하면 큰 난관 없이 임무를 수행할 수 있다. 주방의 모습은 내가 생각한 것과 큰 오차 없이 깨끗한 상태가 된다. 몸은 조금 고단해져도 마음은 얼마나 개운한지 모른다. 미션은 대성공이다. 나는 결국 해내고야 말았다. 보상은 성취감과 깔끔한 주방의 모습이다.

내 손이 움직일 때마다 주방의 모습이 확확 변화하는 것을 보고 스스로 감동할 때도 있었다. 가끔 생활인으로서, 주부로서 성장한 내 모습이 장하고 기특하다. 주방에서 나는 주저하지 않는다. 주방에서 물건을 찾는 일에도, 제자리를 찾는 일에도 능숙하다. 상부장(무릎 굽히기가 싫어서 손 뻗으면 닿을 수 있는 상부장에 양념장을 모아두었다)에 있는 양념장들을 모조리 사용할 수 있다는 것도 멋졌다.

그래도 주방에는 여전히 나와 서먹한 것이 남아 있다. 바로 가스레인지다. 왜 이렇게 가스레인지 닦는 것이 싫은 것인지 모르겠다. 더러워진 가스레인지 앞에 서면 '하기 싫어 죽겠어 병'에 걸린 사람처럼 몸을 배배 꼬고 입이 잔뜩 나온다.

가스레인지를 깨끗하게 유지하는 방법은 참 쉽다. 그저 바로바로 닦아주면 된다. 하지만 미루기에 재능이 있는 나는 번번이 닦는 걸 미룬다. 계속 미루느라 굳어버린 소스와 국물, 또는 떨어져 나온 식재료가 가스레인지에 말라붙을 수밖에 없다. 아 생각만으로도 찝찝하다. 가스레인지 때문에 좋았던 기분이 금방 자취를 감춘다.

가스레인지 닦기가 싫어서 진지하게 인덕션을 사용하는 것은 어떤지에 대해 고민했다. 인덕션은 정리가 훨씬 수월하다고 다들 입을 모아 말하길래. 하지만 있는 것을 잘 쓰자는 결론이다. 가스레인지 앞에서 조금 부지런해지자고 나를 달래볼 뿐이다.

#취향은 아니지만

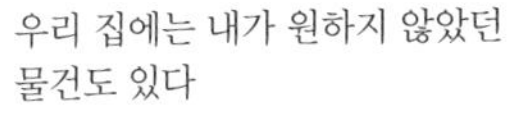
우리 집에는 내가 원하지 않았던
물건도 있다

이사 올 때
엄마가 안 쓴다고 준
냄비 두 개

내 취향은 아니지만
내가 사고 싶은 게 있었는데…

적어도 지금은 내가 주인이니까

끝까지 사용하기로 한다
없으면 또 아쉽다구

몸의 소리에 집중하기

코로나19 백신을 접종하기 위해 동네 소아 청소년과에 방문했다. 내과는 내가 원하는 날에 예약이 모두 차서 예약이 가능했던 바로 아래층의 소아 청소년과로 향했다.

소아 청소년과라서 그런지 주사를 놔주시는 의사 선생님은 어린아이를 대하듯이 나긋하고 친절했다. 목덜미를 빳빳하게 하던 긴장감이 조금 풀렸다. 그래도 나는 주사 맞는 게 두려운 삼십 대 중반의 다 큰 어른이다. 주삿바늘을 보자마자 다시 몸에 힘이 잔뜩 들어갔다. 하지만 천사(처럼 보였다) 같은 의사 선생님과 간호사 선생님이 나를 달래며 아프지 않게 백신을 놔주었다. 진료실을 나갈 때는 절로 고개가 숙여졌다.

"아프지 않게 놔주셔서 감사합니다."

15분에서 20분 정도 대기석에 머물며 상태를 살펴보고 집으로 가라고 해서 한쪽 구석에 앉았다. 그제야 두려움이 다시금 엄습했다. 백신을 맞으면 팔을 들어 올릴 수도 없이 아프다던데 얼마나 아프려나. 나에게 큰 부작용이 생기면 어쩌지. 집에 가는 길에 픽 쓰러지면 어떡하나. 내가 떠올릴 수 있는 가장 극단적인 상황까지 떠올리다가 20분이 지났다.

당장 큰 증상은 없어서 마트에 들러 장을 봤다. 장바구니는 금방 무거워졌다. 우유 하나만 살 생각이었는데 포도와 어묵, 양파가 더해졌다. 무리하면 안 된댔는데 너무 무리했나? 종종걸음으로 빠르게 집에 도착한 백신 접종자였다.

평소 튼튼하고 건강한 편이지만 부작용이 있다는 이야기가 많아서 온몸에 신경을 집중했다. 팔이 뜨거워지진 않았는지 만져보고 심박수가 빨라졌나 염려되어 가슴 위에 손을 얹었다. 시간이 흐르며 주삿바늘이 들어간 부위가 살짝 뻐근해졌고, 새벽에는 팔이 뜨거워졌고, 다음 날엔 잠이 쏟아졌다. 딱 그 정도였다. 이틀 뒤부터는 어떤 불편함도 느껴지지 않았다. 경미한 진통이 있었으나 힘든 정도는 아니었다. 그 어느 때보다 몸에 집중한 시간이었다.

일주일 뒤에는 남편이 백신을 맞았다. 몸이 하는 소리에 무딘 나와 달리 남편은 예민해서 몸에 일어난 이상이나 불편함을 잘 감지했다. 그래서 남편의 백신 부작용을 걱정했다. 역시나 남편은 몸이 불편한 정도의 증상을 겪었다. 심장 박동이 빨라지고 주기적으로 흉통이 있었으며 호흡이 가빠졌다.

평소라면 대수롭지 않게 엄살 피우지 말라고 했겠지만, 이번에는 상황이 달랐다. 하루에 한 번은 부작용에 관한 나쁜 소식이 들려왔다. 무서웠다. 큰일을 겪게 될지도 모른다는 불안감과 두려움이 내 주위를 어슬렁거렸다.

남편의 부작용 증상이 심해져서 하루는 내과에, 하루는 대학병원 응급실을 다녀왔다. 정확히 부작용으로 진단되지는 않고 의심 단계였다. 정상이라는 소견에 남편은 괜히 내게 미안해하고 민망해했다. 나중엔 이런 상황의 반복으로 남편이 애꿎은 자신을 탓했다.

그래도 나는 오히려 좋았다. 바보처럼 참다가 더 크게 아파지는 것보다 증상이 생길 때마다 병원에 가서 진료를 받아보는 게 몇만 배 나았다. 나중에 후회해봤자 늦을 게 뻔하다. 정상이라고, 아무 문제없다고 안심하지 말고 몸에 집중해서 불편한 부분이 생기면 곧바로 병원으로 가야 한다.

나는 몸에게 미련하게 구는 편이었지만 이번 기회에 나를 내버려 두는 바보 같은 짓은 하지 않겠다고 다짐했다. 나를 소중히 여긴다면 유난 떨어도, 엄살 피워도 된다. 내 몸을 내가 알아주지 않으면 아무도 알아주지 않는다는 것을 절실히 깨달았다. 몇 번이고 의심해야 한다. 건강은 그렇게 지키는 것이다. 아주 유난스럽게.

내 몸과 건강 앞에서는 절대로 쿨해지지 않을 거야.

#건강

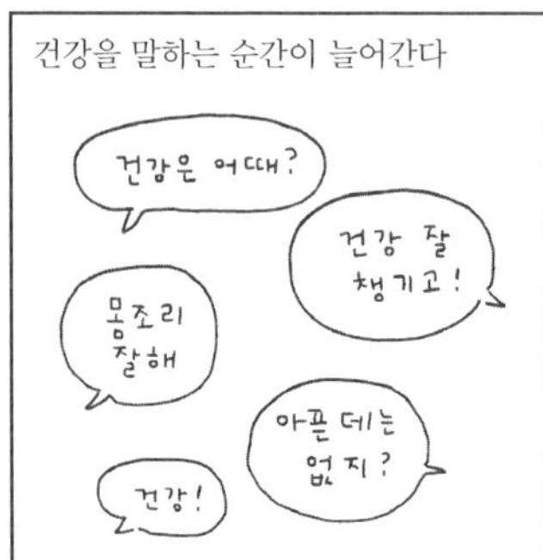
건강을 말하는 순간이 늘어간다
건강은 어때?
건강 잘 챙기고!
몸조리 잘해
아픈 데는 없지?
건강!

내가 사랑하는 사람들의 건강

나의 건강

우리에게 중요한 게 무엇인지
알고 있다는 증거
진지
맞아 건강이 최고야

#코로나 시국의 악몽

차에서 잠든 사이에

사라진 마스크
어디 갔어 마스크 !!

놀란 마음을 붙잡고 새 마스크를
사기 위해 돌아다녔지만
빨리
빨리

아무 곳에서도 살 수 없던
무시무시한 꿈을 꾸었다
다 팔렸어요~
없어요
나가세요!
살려 주세요!!

나의 모든 감정을 받아들이기

행복한 순간만큼 행복하지 않은 순간도 빠짐없이 찾아온다. 그럼 좋았던 기분도 금세 나빠지기 마련이다.

예전에는 어두운 감정이 나를 찾아오면 불안감에 휩싸였다. 그럴 때마다 빨리 기분을 전환하기 위해 조처를 했다. 좋은 기분이 들도록, 부정적인 감정을 떨쳐낼 수 있도록 맛있는 음식을 먹거나 갖고 싶었던 물건을 사면서 나를 달랬다. 그러나 나는 좋은 감정에 파묻혀 있다가도 머지않아 어두운 감정을 마주하곤 했다. 새로운 물건도, 맛있는 음식도 소용이 없었다.

가끔은 내가 항상 행복하지 않다는 생각에 불행해진다.

어디서부터 잘못된 것인지 곱씹고, 이런 상황을 벗어나려고 애쓴다. 나쁜 감정은 싫으니까. 내가 울적한 상태인 게, 우울해 보이는 게, 슬퍼하는 게 싫으니까. 좋은 기분만 가지고 살 수는 없는 걸까?

어느 날에는 문득 그런 생각을 한다. 모든 순간 행복해야 하는가. 매일 기뻐야 하고, 매일 즐거워야 하는가. 어떻게 모든 순간이 좋을 수 있을까? 이 험한 세상을 이렇게 열심히 살아가고 있는데.

하루에도 몇 번씩 내 안에서 수많은 감정이 지나간다. 밝은 감정부터 어두운 감정까지 수없이 많은 감정이 발생했다가 사라진다. 그들이 사이좋게 공존하고 있다. 어떤 감정이 찾아오든 나는 감정들로 인해 매번 무언가를 생각하고 느낀다.

감정이 떠나가는 것이 아쉽게 느껴질 때도 있다. 무엇인가를 만들어내는 사람들에게는 감정 하나를 놓치는 게 커다란 손실로 다가오기도 한다. 그 감정의 정체성이 긍정성이든 부정성이든 중요하지 않다. 나를 채우는 소중한 감정이라는 그 자체로 중요하다. 그들은 내게 생각할 거리와 이야기할만한 작은 소재거리를 가져다준다. 무엇인가를 창조해낼 수 있는 이유다. 감정에 대해 느낀 것을 지금 이렇게 글로 쓰는 것처럼, 다양한 감정들은 나에게 좋은 무기가 된다.

행복하지 않다고 말하게 되는 순간은 어쩌면 아무 자극이 없는 순간일 뿐이다. 가끔은 어떤 감정도 없는 상태에서 평온함과 안정감을 느끼기도 한다. 고요한 순간 앞에서는 감정에 휘둘리지 않아 현명한 선택과 태도를 보일 수 있고, 객관적인 사람이 될 수도 있다. 너무 즐겁고 행복할 때는 감정에 충실할 수 있어 좋지만, 좋은 기분 때문에 충동적인 선택과 판단을 하게 되어 아쉬운 결과를 맞게 될 수도 있다. 감정이 요동칠 때는 오히려 마음을 가다듬으려고 노력한다. 흥분을 가라앉히고 숨을 내쉬었다 들이마시기도 하면서.

행복하지 않다고 불행한 것은 아니다. 여러 감정 중 하나일 뿐이다. 내가 파고들지 않으면 어떤 감정이든 잠깐 곁에 머물렀다 사라진다. 그래서 행복하지 않은 상태를 행복한 상태와 동등하고 귀한 감정으로 인정하기로 했다. 불쑥 찾아오는 우울과 슬픔도 마찬가지다. 밝은 감정부터 어두운 감정까지, 내 안에서 많은 굴곡이 나타나고 휘발될 때마다 있는 그대로 받아들이고 그들과 잘 지낼 것이다.

모든 감정에는 의미가 있다. 감정은 내가 나에게 보내는 하나의 신호다. 그러니 내게 불어오는 감정들 속에서 얻을 수 있는 생각과 마음을 읽고, 그 시간을 지나 마음을 추스르기로 한다. 뒤이어 찾아올 또 다른 감정에 너무 휘둘리지 않기로 한다. 감정의 균형을 잡을 수 있는 사람, 더불어 내 모든 감정을 사랑할 수 있는 사람이 되어야지. 그리고 내 모든 감정을 잘 써먹어야지.

#울적한 기분

울적한 기분이 찾아온 날
갑자기 울적해졌어
울적한 기분에 사로잡히기 싫어서
안 돼!
샤워를 하고 집 밖으로 나갔다
도망 가자
도서관에 갔다가
동네 쇼핑몰을 구경했다
예쁘다 이거
집에 돌아오니
울적한 기분이 사라졌다
어디다가 두고 온 건가?

마음의 문을 열어보아요

쓰던 비비크림을 다 써서 새로운 제품을 사기 위해 화장품 가게에 갔다. 가게 안으로 들어서서 점원과 인사를 나누고 곧장 내가 사용하던 비비크림이 있는 쪽으로 향했다. 몇 년째 같은 제품을 사용하고 있어서 다른 것과 비교할 필요도 없었다. 하지만 내가 쓰던 것과 내 앞에 있는 비비크림의 디자인이 조금 달라서 주춤했다. 이게 맞나? 비비크림을 들고 이리저리 살펴볼 때쯤 슬그머니 점원이 다가왔다. 순간적으로 긴장하고 말았다. 나는 점원의 관심이 조금 불편한 사람이다.

이제껏 화장품 가게의 점원들은 온통 내 피부만 보고 있는 것 같았다. 립스틱 하나를 사러 갔다가 피부가 건조해 보인다면서 건성 전용 화장품을 권유했다. 정신을 차려보면 손등에는 수분 크림이 잔뜩 발려 있었다. 물론 나보다 화장품에 대해 많이 아는 사람의 말을 들어서 나쁠 건 없지만 굳이 무의미한 소비를 하고 싶지는 않았다. 특히나 몸이 피곤하거나 마음이 꼬여 있을 때는 그런 영업에도 심술이 났다. 더 좋은 피부를 가질 수 있다는 말에는 내 피부가 별로라는 의미로 다가온다. 내 피부가 어떤 기준에 미치지 못한 것처럼 느껴진다. 나는 피부에 불만이 별로 없으므로 그런 크림은 필요 없는데, 시무룩해하면서.

이번에도 마찬가지였다. 비비크림 하나만 사서 얼른 나가고 싶었다. 무사히 이 상황을 벗어나고 싶은 마음뿐이었다. 기분 나쁜 상황으로 이어질까 지레 겁부터 먹은 것이다. 옆으로 다가온 점원은 내 피부를 유심히 보았다. 괜히 나는 건조한 피부를 들킬까 조마조마해졌다. 건성을 위한 화장품을 추천받을까 예민해졌다.

'지금의 나에 충분히 만족하니 제품 추천은 거부한다고 말해야 할까. 역시 잘 모르겠다. 무슨 말을 하든 그냥 괜찮다고 해야지.'

나를 방어하기 위한 여러 개의 답변을 준비했다. 바로 그 순간 점원이 아주 조심스럽게 입을 열었다. 친절하고 친근한 말투였다. "비비크림은 고객님 피부를 더 어둡게 할 것 같아요."

예상치 못한 말이었다. 그 순간 나는 내가 준비한 대답을 다 팽개치고 곧바로 "그럼 저는 뭘 써야 하나요?" 하고 되물었다. 점원은 비비크림은 회색빛이 도는 베이스라고 설명하면서, 파운데이션을 사용하는 것은 어떻냐고 구체적인 해결 방안을 제시했다. 비비크림과 파운데이션을 손등에 발라보니 정말 내 피부에는 파운데이션이 더 잘 맞았다. 피부색도 훨씬 화사해 보였다.

점원의 입장에서는 내가 비비크림을 사나 파운데이션을 사나 상관없을 것인데도, 내 피부에 잘 맞는 화장품을 제안해 주었다. 인터넷으로 사면 얻지 못했을 귀한 해결책이자 제안이었다.

요즘도 파운데이션을 쓸 때마다 그 점원을 떠올린다. 아쉽게도 얼굴이나 이름을 기억하지 못하지만, 그때의 친절한 제안 덕분에 나에게 맞는 제품과 피부 톤을 찾을 수 있었다.

나를 잘 안다고 생각해도, 가끔은 전문적인 지식을 가진 타인의 시선이 필요할 때가 있다. 어쩌면 나는 불편하다는 이유로 오랫동안 기회를 차단한 것은 아닐까. 그날 이후 기존의 사고가 전환될 수 있었다. 닫혀 있던 마음이 도움을 받을 수 있는 정도까지 열렸다. 이런 유용한 도움이라면 언제라도 도움을 요청하는 사람이 되고 싶다.

제 체형에는 어떤 옷이 어울릴까요? 제 피부에는 어떤 립 컬러가 좋을까요? 제 체질에는 어떤 음식을 먹어야 할까요? 이런 수많은 질문을 뒤로한 채 나는 여전히 "필요한 게 있으시면 말씀해주세요"라는 점원의 말에 어색한 미소를 짓고 필요한 것만 사서 신속히 가게를 벗어난다.

사람은 역시 쉽게 변하지 않아.

#색안경

이번 학기에 팀 발표가 있는데, 우리 팀 나 빼고 다 50-60대 분들이셔
나이 많은 분들이 꽤 있구나
대학원생 친구
근데 너만 혼자 고생하는 거 아니야?
아니야, 다들 너무 열심히 하시는 중이야. 지금도 채팅방 난리났어
!
아이참, 또 쓰고 있었네
색안경

함께 살아가는 삶이니까

#고맙습니다

당연하지 않다는 것을 잊지 말기

#고맙다는 말의 힘

좋은 사람이 되고 싶어진다

#기대하지 않는다

타인에게 기대하지 않는
어른이 되었다
나쁘지 않다
!!!
작은 친절도,
마음도 크게 다가와서
내가 할게
좀 쉬어
네 덕분이야
너 주려고
샀어
고마워, 정말
쉽게 기뻐하는 날이 늘어난다
아~
뭐야~
고마워
좋아

#사려 깊은 마음

띵동
누구세요?
택배요!
요즘은 그냥 문 앞에 두고 가시는데…
두고 갈려고 했는데 바닥에 물이 많아서 그냥 둘 수가 없었어요.
!!
(복도 물청소 날 이었다)
사려 깊은 마음이 무심하게
와 감사합니다!
툭

내 삶의 주인이 되는 방법

가장 자주 들어가는 사이트는 단연 유튜브다. 요즘에는 TV보다 유튜브나 영상 스트리밍 사이트를 더 애용한다. 원하는 시간에 보고 싶은 것만 볼 수 있다는 점이 편리하고 좋다.

유튜브에 올라오는 영상들은 대체로 10분에서 20분 사이의 길이여서 가볍게 시간을 보내거나 식사를 할 때 찾게 된다. 한 시간이 넘는 긴 호흡의 드라마나 예능 프로그램은 시작하면 멈추기가 어렵기에 비교적 짧은 영상이 많은 유튜브를 선호한다.

알 수 없는 알고리즘에 의해 내 유튜브 피드에는 다양한 영상들이 보인다. 내가 자주 보는 채널, 그 채널과 비슷한 채널,

인기가 급상승한 영상들로 가득하다. 다양한 이유로 노출되는 영상을 보면 무얼 볼까 하는 기대감보다 피로감이 커지는 순간을 마주하기도 한다. 그것은 내가 너무 많은 영상을 흡수해서가 아니라 이목을 끌기 위해 작정하고 만든 자극적인 섬네일과 제목 때문이다.

유튜브를 이용하는 대부분의 사람들이 영상의 표지라고 할 수 있는 섬네일에 자주 혹한다. 사실 그것이 유튜브 영업 전략이기도 하다. 재밌는 영상을 만들어도 흥미 없는 제목이나 섬네일이라면 사람들은 클릭할 의지조차 보이지 않는다. 애써서 만들어진 좋은 작업물들도 자극적인 콘텐츠 사이에서 힘을 내기 어렵다. 그래서 점점 더 많은 유튜버들이 자신의 영상을 한 명이라도 더 보게 만들려고 자극적이고 구미가 당길 법한 섬네일과 제목을 만들게 된다. 단순히 조회수를 위해서다.

특히나 연예인의 뒷이야기나 그 시기를 뜨겁게 달구는 이슈를 말해주는 채널이 인기를 얻고 있어서, 그와 유사한 채널을 보지 않아도 내 피드에 자주 등장한다. 호기심에 한 번 눌렀을 뿐인데도 연관된 이슈 채널이나 연예인 뒷담화 채널을 마주하게 된다. 정말로 피로하다. 굳이 알고 싶지 않은 소식들을 아는 것이 즐겁지 않다. 나는 복잡하고 자극적이며 조회수로 얻게 될 수익만을 위해 생산된 영상을 가까이하고 싶지 않다. 유튜브를 멀리하면 간단히 해결될 일임을 알지만…….

매일 아침을 연예 랭킹 뉴스를 보는 것으로 하루를 시작하던 시기가 나에게도 있었다. 알람 소리에 눈을 뜨면 내가 잠든 사이에 무슨 일이 있었나 뉴스를 켜고 살펴봤다. 눈을 제대로 뜨지도 못한 채로 누가 결혼을 한다더라, 누가 몇십억짜리 건물을 샀다더라, 누가 사귀고 헤어졌다는 무의미한 타인의 사생활을 엿보았다. 나와는 무관한 이야기들이었다. 내가 알아봤자 좋을 것이 없는 이슈들이었다. 나에게 큰 영향을 끼칠만한 소식도 없었다. 하지만 기사를 읽는 내내 기분은 나빠지기도 슬퍼지기도 했다. 이런 무의미한 소식들로 하루를 시작하는 첫 마음을 결정하는 것이 별로였다. 적어도 내 기분은 주체적으로 선택하고 싶었다. 그래서 바로 연예 기사를 접할 수 있는 매체를 핸드폰에서 삭제했다. 이제 와서 돌아보니 그게 뭐라고 매일 아침 챙겼는지 모르겠다.

나와 상관없는 이야기가 아닌, 나의 이야기에 집중하기로 했다. 오늘 어떤 걸 할지, 무얼 먹을지, 어제 쓰다 만 글은 어떻게 정리할지, 어떤 이야기를 해볼지 생각하고 고민하며 계획했다. 짐처럼 느껴지는 무거운 고민도 했다. 할 수 있을지 없을지 감이 잡히지 않는 일들에 관한 생각을 하고, 오늘내일이 아닌 조금은 먼 미래를 떠올리고, 내게 주어진 시간 동안 어떻게 먹고살지에 대한 고민도 했다. 내가 한 걸음 더 내디딜 수 있기를 바랐고 멈춰야 할 때 같으면 멈추기 위해 노력했다. 마음과 머릿속을 오가면서 생각을 읽어내는 시간을 가졌다.

적어도 그때만큼은 내 삶의 온전한 주인이 된 기분이 들었다. 타인의 시선이 침범할 겨를 없이, 누군가를 고려하지 않고 상관하지 않은 상태로 나와 내가 가진 이야기를 보고 들었다. 내 안의 목소리에 집중하는 과정이 나를 평온하게 해주었다. 이럴 땐 단단한 나무 같다고 느낀다. 흔들리지 않는 확고한 마음이 여기에 있다.

나 또한 유튜브 채널을 운영하는 사람으로서 완전히 유튜브와 거리를 두는 것은 어렵다. 하지만 적어도 내가 만든 영상으로 누군가를 피로하게 만들거나 불쾌하게 만들지는 말자고 다짐한다. 좋은 영상을 만드는 것은 욕심이다. 그저 가벼운 마음으로 가볍게 즐길 수 있는 영상을 만들고 싶다.

#저만 그런 거 아니죠?

그럼에도 리모컨을 내려두지 않는 나

#타인을 이해하는 방법

나도 누군가에겐 이해하기 어려운 사람

대형 쇼핑몰에 갔던 날

지인이 하는 카페에 갔다가 근처에 있는 대형 쇼핑몰에 들렀다. 나는 쇼핑몰을 자주 가는 편이 아니다. 평소에는 생활에 필요한 대부분을 인터넷 쇼핑몰이나 마트에서 구입한다. 그래서 날을 잡고 쇼핑몰에 가면 무언가를 살 것도 아니면서 괜히 설렌다. 마치 소풍을 가는 듯한 들뜬 기분이 된다. 물건을 사는 장소가 아니라 구경할 거리도, 재밌는 것도 많은 놀이터처럼 느껴진다.

오랜만의 쇼핑몰 나들이였기에 시각을 자극하는 볼거리를 잔뜩 수집하고, 좋은 물건들을 구경하다 집에 가기로 다짐했다. 가지고 싶은 게 생기면 사게 될지도 모르지만 내 마음은 그렇게 쉽게 흔들리지 않는다. 혹시 몰라 마음의 문은 열어두었지만, 그보다 중요한 것은 장소 자체를 즐기는 것이다.

SPA 브랜드에서 신발 구경을 했다. 그곳에는 내 커다란 발에 맞는 신발이 있었다. 앞코가 네모난 앵글부츠를 꺼내서 신어보았다. 맞을까 염려되었는데 다행히 잘 맞았다. 심지어 발이 실제보다 작아 보인다. 발목도 넉넉하게 잘 맞는다. 순간적으로 사고 싶어질 뻔했지만 부츠의 굽이 7cm가 넘어 보였다. 굽 없는 신발만 신는 내게는 하이힐과 다름없었다. 비슷한 높이의 구두를 샀다가 몇 번 신지도 못하고 눈물을 머금고 정리했던 기억이 떠올랐기에 부츠를 벗어서 있던 자리에 고스란히 내려두었다. 아쉽게도 저와 함께할 수 없게 되었습니다. 굽이 낮은 다른 앵글부츠가 있다면 사고도 남았을 테지만, 끝내 찾아내지 못했다.

옷도 입어보았다. 연보라색이 잘 어울릴 것 같다며 남편이 니트 카디건 하나를 가져왔다. 흰색이나 검은색 옷을 주로 입어서인지 연보라색이 어색했지만, 막상 입어보니 생각보다 잘 어울렸다. 니트를 좋아하지 않는데도 마음에 들었다. 당연히 사지는 않았다. 시도할 뿐이었다. 다음에 옷을 사게 될 때 가질 수 있는 선택지를 하나 더 늘려두었다. 당당하게 돌아서긴 했지만 마지막으로 입어봤던 연보라색 카디건은 며칠이 지나도 생각이 났다. 마침 가을, 겨울에 입을 외투가 필요하긴 한데…….

여러 옷 가게를 구경하고 남편이 좋아하는 전자제품도 구경했다. 남편은 위층 서점에 가서 내 책이 있는지 보자고 했다. 남편은 서점에 갈 때마다 기어코 내 책을 찾아냈다. 점점 구석으로 밀려나는 책이 속상하기만 한데 남편은 서점에 내 책이 있다는 것만으로도 좋은 듯했다. 나와 다른 생각을 하는 남편을 붙잡고 서점 반대편으로 걸어갔다. 창고형 마트에 가서 장이라도 보자는 핑계를 댔다.

쇼핑몰만큼이나 마트에도 사람이 많았다. 위층은 외부 사람들이 많이 온다면 마트는 아무래도 이 주변에 사는 주민들이 먹을 식재료를 구입하러 온 것이 아닐까? 하는 생각이 들었다.

식재료 코너에서 냉동된 고기를 저렴한 가격에 판매하는 것을 보면서 해서 먹으면 좋을 요리를 떠올렸다. 차돌박이를 사서 한 번은 구워 먹고, 한 번은 된장찌개에 넣어 먹고, 한 번은 새로운 요리에 도전을 해볼까? 그런 고민을 하다가 두 사람이 두고두고 먹기에는 양이 많다고 패스했다. 당분간 냉동 고기만 먹게 될 듯하여 겁이 났다.

조리된 음식 코너에서는 맛있어 보이는 훈제 돼지고기를 앞에 두고 저녁으로 먹을까 했지만 역시 두 사람이 먹기엔 많은 양이었다. 남기면 버려질 게 뻔해 또 패스했다. 빵을 하나 사려고 해도 대여섯 개가 들어 있었다. 먹기도 전에 질리는 기분이 들어서 또 패스. 우리는 결국 마트에서도 빈손으로 나왔다. 다만 마트 앞에서 피자 두 조각과 음료 두 잔을 사서, 차에서 간단히 저녁 식사를 했다.

대형 쇼핑몰에서 사용한 돈은 7,000원. 생각보다도 더 소박한 소비였지만 만족스러운 저녁 식사에 기분이 좋아졌다.

재밌게 잘 놀다 갑니다.

#술에 취하고 싶은 날

가끔 술에 취하고 싶다
오늘은 왠지 취하고 싶다
취한 기분을 잊었어…
그래서 술에 욕심을 부린다
술 많이 마실래!
한 병만 사~
아냐, 세 병!
막상 술 앞에서 작아지는 나
그만 마셔야 겠다
내일 속 쓰리고 아플듯
둘이 딱 한병 나눠 마심
우리 집 냉장고엔 아직 소주 한 병이 남아 있다
1년 반 전에 구입
소주
한 병은 요리할 때 사용했다.

동네 생활자로
사는 것

오전 10시. 간단히 씻고 로션과 선크림을 발랐다. 매일 입는 동네 외출복을 입었다. 통이 넓어 편한 바지와 커다란 반팔 티셔츠를 입고 눈부심을 막아줄 챙 있는 모자도 썼다. 어깨에는 가방 대신 장바구니를 걸쳤다. 그 안에 핸드폰과 지갑만 덜렁 넣었다. 외출할 준비가 끝났다.

오늘은 동네에서 할 일이 있다. 은행에 들렀다가 마트에 가서 필요한 식재료 몇 개를 사는 일. 고작 그게 전부지만 씻고 나온 김에 동네 한 바퀴를 돌기로 했다. 마침 날씨도 좋았다.

우리 집에서 횡단보도 하나만 건너면 공원이 나온다. 동네 사람들의 사랑을 듬뿍 받는 공원이다. 낮에도 밤에도 많은 사람들이 그곳에서 시간을 보냈다. 아침이나 저녁에는 산책로가 되어주고, 한낮이나 이른 저녁에는 모임이 이루어지는 장소가 되었다. 어둑해질 저녁에는 가족들이 배드민턴처럼 가벼운 운동을 즐기기 제격이다. 그야말로 공원의 역할을 톡톡히 해내고 있다는 뜻이다.

나는 공원을 '가로질러 가는' 장소로 이용한다. 공원은 우리 동네의 번화가라고 할 수 있는 상가 구역으로 가는 지름길이다. 상가 구역에 생활을 채우는 데에 필요한 모든 것들이 존재하고 있으므로 나는 자주 공원을 가로지른다.

걸어서 5분에서 10분이면 도착하는 작은 번화가가 내 생활의 70%를 차지하고 있다. 나머지 30%는 인터넷 쇼핑이나 다른 장소에서 채운다. 물론 정확한 통계를 내본 것은 아니다. 돈을 쓴 곳을 따져보면 인터넷 쇼핑이 가장 높을지도 모르지만 나는 동네에서 가장 많은 시간을 보내고, 돈을 자주 쓰고, 일상의 불편함을 해소한다. 내 소비 시간의 대다수를 차지한다고 해도 과언이 아니다. 행복한 우물 안 개구리로 살아가고 있다. 그렇게 나는 '동네 생활자'가 되었다.

스무 살 이후부터 내 생활의 중심은 서울이었다. 서울에 사는 것도 아니면서 매일 서울에 머물렀다. 내가 살던 인천은 기본적인 생활만을 유지하는 장소였다. 잠자고 씻고 아침밥을 먹고 나오면 잠들 시간이 다 되어서야 들어갔다. 그런 생활이 무려 10년 동안 이어졌다.

서울에서 보내는 바깥 생활은 즐거웠다. 내가 어디에 있든 접근이 쉬워서 이곳저곳을 자유롭게 다닐 수 있었다. 주된 약속 장소도 서울이었다. 커피 한 잔을 마셔도, 옷 하나를 사도 서울에서 샀다. 그러면서도 귀소 본능이 있는지 집에 가는 것은 중요하게 생각했다. 외박과 자취를 바란 적도 없었다. 잠은 꼭 인천의 집에서 자고 싶었다. 한참 놀다가도 집으로 돌아가는 막차 시간은 미리 확인했다. 정신이 없어도 무사히 막차를 타고 나는 늘 집으로 돌아갔다.

그럼에도 불구하고 내가 사는 동네는 볼일을 다 본 뒤 지나치는 풍경에 지나지 않았다. 이른 오전이나 새벽에만 잠깐 마주하니 동네에서 어떤 일이 일어나고 무슨 변화가 생겼는지 알 수 있을 리가 없었다. 딱히 관심도 없었다.

그 시기를 지난 현재의 나는 동네에서 얻을 수 있는 소소한 재미를 알게 되었다. 매일매일 아주 소박한 이야기들을 주워 담는 삶을 가지게 되었다. 태풍이 분 다음 날 어수선해진 동네의 풍경을 담고, 상점이 사라지고 새로운 상점이 들어서는 장면들을 마음에 담는다.

동네 소식을 주고받을 수 있는 동네 친구 한 명 없는 외톨이 신세지만 사실 그것이 더 좋다. 나는 홀로 자유롭게 돌아다니는 익명의 존재인 것이 편하다. 내 이름이 무엇인지, 내가 누군지 아는 사람은 없지만 우리 동네라는 익숙한 공간이 주는 안전함과 안정감을 오롯이 느낄 수 있다. 평화롭다. '행인 1'로만 남게 되더라도 딱히 불만은 없다. 동네에서 나는 잘 수행해야 하는 역할도 없고, 모두가 날 알아야 할 필요도 없다. 그래서 더 마음에 드는 구역일지도 모른다.

은행에 갔다가 마트에 들러 간단히 장을 보고 중고서점에 갔다가 새로 생긴 재활용 마트도 구경했다. 빵을 살까 말까 고민하다가 돌아서서 다시 공원을 가로질러 집으로 돌아왔다. 많은 것을 한 것 같은데 두 시간도 걸리지 않았다. 이것이 바로 동네 생활자의 일상이다.

#지금의 행복

좋아하는 빵집에서 빵을 사고
방금 구운 빵 냄새 좋다~
가볍게 장을 보고
따사로운 햇볕을 맞으며
집에 가는 길
나 지금 되게 행복하네?

4장

해보겠습니다

아무것도 하지 않는 시간

집에서 일하면 일과 생활, 쉼의 공간도 다 거기서 거기다. 작은 방에서 일을 하다가 휴식이 필요하면 거실로 나와 잠깐 소파에 앉아 있곤 한다.

소파에 앉은 뒤의 행동 루틴은 두 가지다. 핸드폰을 쥐고 의미 없이 작은 화면 속을 부지런하게 돌아다니거나, 리모컨으로 TV 채널을 돌리며 잠깐 시간 때울 게 있나 둘러본다. 영양가 없는 피드를 끊임없이 들여다보고, 끌리지 않는 채널에 시선과 시간을 빼앗긴다. 그럼 어느덧 30분이 훌쩍 지나 있다. 충분한 쉼이 되었냐고 묻는다면 대답을 회피할 수밖에 없겠다. 머리를 식히려는 의도였건만 원치 않은 정보가 머릿속에 들어차 오히려 더 복잡해졌기 때문이다.

일하지 않는 시간에도 왜 제대로 쉬지 못할까. 돌이켜보면 나는 가만히 있지 않고 계속 무언가를 하는 사람이었다. 가사를 하거나 일을 하고, TV 프로그램이나 영화를 감상하고 핸드폰을 보거나 강아지와 논다. 그러니까 한시도 가만히 있지 못하는 편이다(그런데 살은 왜 안 빠지는 걸까). 그렇다면 가만히 있는 것만으로도 나에게는 쉼이 될지도 모른다.

집에서도 휴식을 취할 수 있도록 아무것도 하지 않는 순간을 만들기로 했다. 방석을 거실 바닥에 두었다. 나는 방석 위에 가만히 앉는다. 정해진 자세도 없다. 다리를 쭉 펴고 앉거나 책상다리를 하거나, 무릎을 꿇고 앉을 필요도 없이 그 상황에 편한 자세로 앉는다. 그리고 슬며시 눈을 감는다. 외부의 소음이 존재하지 않는다면 더 좋다. 그 상태에서 15분에서 20분간 비어 있는 시간을 가진다.

명상에 대해 잘 알지는 못하지만, 나의 빈 시간과 명상은 조금 다를 것이다. 명상은 아무 생각하지 않기에 초점을 두지만, 나는 아무것도 하지 않는 상태에 집중한다. 쓸데없는 것에 신경 쓰지 않고, 무엇인가를 하지 않고 처음 앉은 그 자리에 가만히 앉아서 내 자세와 머릿속에만 집중한다. 그 시간 동안 나는 생각을 정리하거나 감정을 다스린다.

SNS나 영상물을 끊임없이 볼 때면 눈 깜짝할 사이에 20분이 흐른다. 아무것도 하지 않는 비어 있는 20분은 길고도 길다. 20분이 충분히 흘렀다는 확신에 눈을 뜨고 시계를 보면 고작 5분이 지나 있다. 나는 그 시간에 적응하는 과정을 거쳤다. 처음에는 10분, 그다음에는 15분, 이렇게 조금씩 시간을 늘렸다. 집중력이 없고 주의가 산만한 어른은 가만하기가 쉽지 않다. 그저 가만히 앉아 있으면 되는 간단한 일이라고 생각하며 그 시간을 견디면, 몇 분이 지난 뒤에는 마음에 평화가 찾아온다. 잠깐의 시간이 가져다준 평화였다.

아침에 가만한 시간을 가지면 하루의 질이 달라진다. 취침 전이라면 하루를 정돈하고 말끔한 상태로 내일을 맞이하는 데 도움이 된다. 그래서 하루 중 어느 때라도 한 번은 꼭 가만해지려고 한다. 아무것도 하지 않는 시간을 뺀 모든 시간을 위해서다.

#밝은 미래를 위해

미래의 나야..
원고 마감은 다
끝냈어?
책도 무사히
출간 됐고?
좋은 소식이다.
다행이야.
그냥 만들어지는 밝은 미래는 없다
그렇다면 오늘의 나도
한 몫 보태야겠지?

또 다른 진로

나와 남편 그리고 내 친구는 연남동의 작은 와인바에서 만났다. 친구는 자신이 일하는 분야에서 자리를 잡아가기 시작했다. 그 과정을 지켜봐서인지 성장한 친구의 모습을 보는 것만으로도 몹시 자랑스러워졌다.

친구는 같은 일을 하며 알게 된 동갑내기였다. 친구는 지금껏 그 일에 열정을 불태우고 있지만 나는 수년 전에 도망쳐 나왔다. 결과적으로 지금은 각자 다른 일을 하게 되었다. 그래서 다행이라는 생각도 들었다. 만약 여전히 같은 일을 하고 있다면 친구의 성공을 자랑스러워하면서도 한편으로 속이 쓰라렸을 것이다. 친구의 성공에 질투나 시기 없이 진심으로 축하해줄 수 있어서 기뻤다.

친구는 얼마 전에 제주도에 출장을 다녀왔다고 했다. 우리 부부가 제주도 여행을 갔던 시기와도 비슷했다. 우리는 제주 참 좋다면서 여행 이야기를 시작했다. 제주도에 다녀온 지 얼마 되지 않아 우리 모두 여전히 제주도의 매력에 푹 빠져 있었다. 그러다 친구가 몸담은 업계에서 더욱 크게 성장해 돈을 많이 모으게 되면 제주도로 가서 살고 싶다고 했다. 바닷가 앞에 라면집도 열고 싶다고 덧붙였다. 심지어 이름까지 이미 지어두었다고 해서 놀랐다. 들뜬 기색으로 구체적인 계획을 말하는 모습 때문인지, 이 친구라면 최소 몇 년 뒤에서 최대 몇십 년 뒤 사이에 제주도 바닷가 앞에 라면집을 차리게 될 것이라는 확신이 들었다. 한다면 하는 친구니까.

넌지시 나도 숟가락을 얹었다. 나는 라면집 옆에 호떡집을 차리겠다고 소리쳤다. 이 글을 읽는 독자들은 '여기서 호떡이 왜 나와?'라고 할 수 있겠지만 나는 호떡집에 진심이다. 친구와 만나기 전부터 사실 나는 내가 가진 기술을 의심하고 있었다. 어떻게 먹고는 살고 있지만, 전문적인 기술을 가지고 싶었다. 그래서 느닷없이 남편에게 "호떡집을 해볼까?" 묻기도 했다.

무척이나 단순한 이유였다. 호떡을 좋아하니까 만들어서 팔아야겠다는 생각을 떠올린 것이다. 집에서 직접 만들어 먹는 호떡도 맛있어서 자신감이 있었다. 진심 반 아무 말 반이었던 호떡집 발언에 남편은 "하던 일에 더 힘을 써보면 어떨까?"라는 대답을 내놓았다.

상상으로 쌓아 올리는 계획에도 자신 있다. 나는 제법 구체적인 호떡집 아이디어를 쌓아 올렸다. 옮겨 다닐 수 있는 바퀴 달린 작은 집을 만들어서 가고 싶은 장소에서 자유롭게 호떡을 파는 일상을 떠올렸다. 경험한 적 없는 일에서는 현실감각이 떨어지기에 매력적인 부분만 떠올릴 수 있었다. 상상 속 귀여운 호떡집이 마음에 들었다. 실제로 장사를 시작하게 되면 나약한 나는 하루도 못 버티고 장사를 접게 될지도 모른다. 찾아오는 손님이 없어서 호떡으로 심심함을 달래다가 호떡을 싫어하게 될지도 모른다. 호떡집에 대한 이런저런 생각들로 채워져 있을 때 듣게 된 친구의 라면집 이야기에 솔깃할 수밖에 없었다.

우리는 신이 나서 구체적인 창업 계획을 구상했다. 라면을 먹은 뒤 호떡을 사면 할인을 적용하는 서비스를 하자고 했다. 남편은 그 옆에 카페를 열겠다고 거들었다. 호떡집 이름도 즉석에서 탄생했다. 내 성을 따서 '남호떡'. 입에 착 붙었다. 호떡집 이름에 왜 설레지는 걸까. 귀여운 가게를 만들면 좋겠다. 카페에서 어떤 음료를 팔면 좋을까도 고민했다. 우리는 실제로 일어나게 될 일일지, 혹은 영영 소망으로만 남겨질지 알 수 없는 이야기를 한참 떠들었다.

친구와 헤어지고 나서도 친구의 라면집을 생각했다. 그 옆에 자리할 호떡집과 카페를 떠올렸다. 어쩌면 우리의 창업 계획이 각자의 위치에서 도망갈 구석을 만든 것처럼 보일 수도 있다. 하지만 사실 그 대화를 나누고 돌아오면서 나는 다시 한번 힘내서 하던 일을 잘해보겠다는 마음을 가졌다. 다른 일에 한눈을 팔면 마음만 먹으면 언제든지 다른 일을 할 수 있다는 가능성을 열어두게 되었다. 내가 하는 일에 관한 부담감을 내려둘 수 있었었다. 그럼 괜히 현재의 일에 아쉬움이 남는다. 지금 이 마음으로 해내면 좋겠다. '남호떡' 개업은 그 뒤에 다시 생각해도 늦지 않을 것이다.

#친구

좋은 곳을 데려가는 친구
여기 맛있어
우와
이야기를 잘 들어주는 친구
그래가지고 내가 막 갔지.
그래서 어떻게 됐어?
나를 잘 알아주는 친구
너 이런거 좋아 하 잖아
오! 어떻게 알았어?
나는 어떤 친구가 될 수 있을까?
나는 어떤 친구일까?
궁금하지만 오글거리니까 안 물어볼래

감자로 할 수 있는 요리

집에 감자가 가득했다. 엄마가 가져다준 것이었다. 강원도 사는 지인이 맛있는 여름 감자를 보냈다면서 절반을 나눠주었다. 검은 비닐봉지에 한가득, 주먹보다 살짝 작은 감자가 스무 개 넘게 들어 있었다.

나는 감자를 좋아한다. 싱싱한 감자 앞에서 신이 나기도 했지만, 한편으로는 막막하기도 했다. 평소에 감자를 살 때는 고작 두어 알만 사는 손 작은 내가 감당하기에 스무 알은 많은 양이었다. 어떻게 하면 감자를 썩히지 않고 잘 먹을 수 있을지 고민되었다. 아이디어가 필요했다.

나는 감자를 활용하기로 결심했다. 어느 날에는 감자를 삶아 소금을 뿌려 먹고, 어느 날에는 삶은 감자와 삶은 달걀을 함께 으깨 마요네즈를 넣어 감자샐러드를 만들었다. 빵집에서 산 동그란 모닝빵에 감자샐러드를 넣어서 작은 샌드위치도 만들었다. 두 개 정도를 먹으면 든든한 한 끼 식사로 좋았다. 깍둑깍둑 썬 감자를 카레에, 된장찌개에도 넣었다. 어느 날에는 얇고 길쭉하게 잘라 감자튀김을 했다. 좋아하는 감자전도 실컷 먹었다. 감자가 나에게 다양한 요리를 할 수 있는 기회를 주었다. 아니, 사실은 엄마가 준 것일지도 모르겠다.

감자로 만든 음식 중에 가장 좋았던 것은 얇게 썰어 튀긴 감자칩이었다. 직접 감자칩을 만들어본 것은 처음이었다. 앞서 말한 대로 나는 감자를 좋아한다. 가장 좋아하는 과자도 감자칩이다. 단 한 가지 과자만 죽을 때까지 먹을 수 있다면 주저하지 않고 파란색 포장지의 감자칩을 고를 정도다.

집에서 만드는 감자칩이 과연 그 맛을 낼 수 있을까? 의심스럽기도 했다. 얇게 썬 감자에 밀가루를 살짝 묻혀 기름에 튀기고 고운 소금을 뿌렸다. 큰 기대를 하지 않았음에도 완성된 모습은 제법 파는 감자칩 같았다. 맛도 좋았다. 겉은 바삭 속은 촉촉한 감자칩이 되었다. 우리 집 칼이 무딘 편이라 과자만큼 얇게 썰 순 없었지만 그래서 촉촉한 감자칩이 완성될 수 있었다. 그렇게 감자칩만 세 번은 해 먹었다.

한동안 정말 감자만 먹었다. 결국에는 봉지를 비울 수 있었다. 내가 사랑하는 감자는 다행히도 질릴 틈 없이 다양한 모습으로 변신했다. 만들 수 있는 감자 요리가 아직 내게 남아 있다. 다음에는 어떤 걸 만들까.

#우리 집에 작은 자연이 자라고 있다

귀찮지만 매일 햇빛을 쐬어주었다
여기로
가 있어
귀찮지만 들여다보았다
죽어가는 건
아니겠지
귀찮지만
어?
작은 자연이 무럭무럭 자라길 바란다
새 잎파리가
나왔네

다음을 기약하기

결혼기념일에 예매해둔 전시회에 다녀왔다. 무더운 여름날이었다. 평일인데도 사람이 많아서 30분 정도 대기한 뒤에 입장할 수 있다고 했다. 입장권을 발권하고 입장 예약까지 마쳤다. 우리에게 30분의 여유 시간이 생겨서 근처 카페에서 커피와 크루아상 샌드위치를 먹으러 갔다. 배도 고프고 더워서 음식이 나오자마자 샌드위치와 차가운 커피를 빠른 속도로 해치웠다. 카페가 시원해서 더 머물고 싶었지만 전시 입장이 곧 시작된다는 안내 문자가 왔다. 어쩔 수 없이 카페를 나서야만 했다. 이럴 땐 시간이 참 빨리 간다니까.

늦어질까 봐 발걸음을 서두르는 동안 이마에는 땀방울이

맺혔다. 마음은 급한데 날은 더워서 괜한 짜증이 나려 했다. 하지만 전시장에 다다르자 언제 그랬냐는 듯 기분이 좋아졌다. 오랜만에 찾은 전시장이라서 그럴까? 아니면 안에서 시원한 공기가 새어 나왔기 때문일까? 에어컨 바람이 새어 나오듯이 어느새 내 입가에서도 웃음이 스멀스멀 새어 나왔다. 역시 나는 참 단순하다. 한껏 좋아진 기분으로 건물로 들어섰다. 전시장을 찾은 사람은 많았지만, 입장 인원을 조절해서인지 여유로운 관람이 가능했다. 사진을 찍을 수 있는 공간도 충분해서 사진을 찍으며 관람할 수도 있었다. 여유롭게 전시를 본 우리는 만족한 상태로 출구 쪽을 향해 갔다. 역시 빠지면 서운한 전시 기념품 판매점이 나왔다.

기념품을 사는 편은 아니지만 구경하는 것은 좋아한다. 언제나 마음속에는 갖고 싶은 것이 있을지 모른다는 기대감을 품고 있다. 살 것도 아니면서 꼼꼼하게 하나하나 살펴봤다. 이런 것도 있다고 남편과 각자 찾은 것을 보여주기 바빴다. 하지만 곧 정신이 없어졌다. 갑자기 사람들이 기념품 판매점으로 우르르 몰려들었다. 전시장 안보다 사람이 더 많게 느껴질 정도였다. 그 사이에서 우연히 익숙한 뒷모습을 발견했다. '이 시간에 여기는 어쩐 일이지. 전시 보러 온 건가?' 하고. 얼굴을 확인한 것도 아니었지만 지인임을 확신할 수 있었다. 얼굴을 보니 역시나 지인이 맞았다. 내 눈썰미는 대단해.

남편과도 아는 사이라서 우리는 정신없는 기념품 가게 구석에서 안부를 주고받았다. 지인은 이곳에 일 때문에 왔다고 했다. 전시 관계자가 되었다는 말을 듣고, 못 본 사이에 지인에게 많은 변화가 일어났다는 것을 알게 되었다.

지인은 전시 상품 중에 가지고픈 것이 있으면 선물로 주겠다며 고르라고 했다. 그 말을 듣고 잠깐 설렜으나 정중히 거절했다. 봐둔 엽서 한 장을 제외하고는 딱히 필요하거나 갖고 싶은 게 없었다. 지인은 재차 사양하지 말고 골라보라고 했다. 잠깐 일을 정리하고 올 테니 그때까지 고르라며 기념품 고를 시간까지 주었다. 우리는 다시 판매점을 한 바퀴 돌았다. 아무리 생각해도 말을 참 잘 듣는다. 그렇게 내 손에 들린 기념품은 엽서 두 장. 지인은 엽서 두 장을 달랑 들고 있는 나를 보며 물었다.

“진심이야?”
“진심으로 이것만 있어도 돼.”

지인은 두리번거리다가 마스킹 테이프를 내 손에 올려주었다. 마스킹 테이프는 참 요긴해 보여서 거절하지 않았다. 엽서 두 장과 마스킹 테이프 하나를 들고 전시장을 빠져나왔다. 엽서 두 장은 지금도 책상 맞은편 벽에 붙여져 있다. 작은 사진 주제에 제법 큰 존재감과 긍정적인 기운을 풍긴다. 호의를 끝내 거절했다면 갖지 못했을 감정이지만 없었다고 해도 후회하거나 아쉬워하지 않았을 것이다.

내가 후회하고 아쉬워하는 것은 쓰지 않으면서 무료라는 이유로 챙긴 기념품 같은 것이다. 참고로 나는 기본으로 제공되는 전시 소개 전단도 예쁘고 좋아서 가져왔다. 그날의 전시를 떠올릴 수 있는 물건으론 그 정도면 충분했다. 물론 핸드폰 속엔 언제든지 꺼내 볼 수 있는 사진이 남아 있다.

나는 그런 사람이다. 더 가질 수 있는 상황에서도 적당히만 가진다. 남편과 아이스크림을 사러 가도 세 개 이상 고르지 않는다. 더 살 수 있지만 멈추고 돌아선다. 미리 산다고 아이스크림 맛이 달라질 것도 아닌데! 아이스크림을 다 먹으면 다시 내가 마주하게 될 고르는 재미를 놓치고 싶지 않다. 적당히, 다음을 기약하고 기대하며 돌아선다.

공간이나 마음을 비워두고 싶은 이유기도 하다. 가득 채워진 상태에서는 다른 것을 더하기 어렵다. 하지만 공간도 마음도 적당히만 채워져 있으면 다시 만나게 될 순간을 설레는 마음으로 기다릴 수 있다. 굳이 채우지 않아도 되는 좋은 기분을 꽉 채워진 상태에서는 느낄 수 없다. 그래서 나는 계속 채움의 순간을 다음으로 미룬다. 가까운 미래에 이어질 선택의 즐거움을 누리기 위하여.

#좋은 순간을 찾아내기

반갑지 않은 상황에서도
오랜만의 여행인데 비가 오네…
좋은 순간을 찾아내는 능력이 있다
그 덕분에 이렇게 큰 무지개도 볼 수 있잖아.
이 능력은 팍팍한 순간일수록
이제 끝이다…
더욱더 빛을 발한다
이렇게 멋진 일출을 보게 되다니..
야근 후 퇴근 길

잘 지내자,
우리

#쓸모없는 마음

#친하게 지내기

오래 하려고
좋아하는 만큼만 합니다

나에게는 '린남이'라는 이름을 가진 캐릭터가 있다(에린남에서 뒤의 두 글자를 땄다).

린남이는 2019년 5월, 내 유튜브 채널을 열면서 만들어졌다. 유튜브로 내 이야기를 해보고 싶었는데 영상 속에 직접 출연하고 싶지는 않았다. 영상을 채울 다른 방법을 궁리하다가 떠오른 것이 바로 그림이었다. 캐릭터를 만들어야겠다고 생각했다. 그래서 린남이가 탄생하게 되었다. 그러니까 현재의 '나'를 대중들에게 대신 전달해주는 역할을 린남이가 대신하고 있다.

동그란 얼굴에 밋밋한 얼굴, 가로로 길게 퍼진 머리카락.

잘 봐줘야 3등신 정도 되는 린남이는 그리기 쉽고 단순하다. 린남이가 어쩌다 3등신이 되었냐고? 가로로 긴 화면 비율에 맞추느라 3등신이 되었다. 캐릭터의 행동과 상황을 보여주기에도 적합했다. 영상의 길이만큼 그림을 계속 그려야 해서 캐릭터의 형태나 의상도 복잡하지 않고 최대한 단순하게 만들었다. 그래서 린남이는 단벌 신사다. 가끔씩 잠옷이나 특별한 의상을 입기도 하지만, 대부분 연두색에 빨간색 줄무늬가 들어간 옷을 입는다. 린남이 이외의 다른 사물들에게는 색을 입히지 않는다. 포인트를 주고 싶을 때만 색을 칠한다. 작업이 더 수월하기도 하지만 색이 꽉 차면 개인적으로 답답하게 느껴지기 때문이다.

3분짜리 영상 하나를 만들 때 필요한 그림은 40장에서 50장, 많을 때는 60장까지다. 단순히 몇 장뿐이라면 그림에 많은 디테일을 넣거나 다양한 표현을 할 수 있겠지만, 평균적으로 50장 정도의 그림을 그려야 했기에 단순함이 중요했다. 이것저것 재고 따지는 과정을 거쳐 내 마음에 드는 합리적인 그림체를 가지게 되었다. 이제는 영상뿐만 아니라 일러스트나 만화를 그릴 때도 린남이와 함께한다.

언젠가 웹툰에 도전해본 적도 있다. 만화가가 되고 싶다는 생각보다 단순한 호기심의 영향이 컸다. 그림 그리는 것도 할 수 있고, 이야기를 하는 것도 좋아하니까 한번 해보자고 덤볐다. 마침 웹툰을 만들기 위한 준비물도 전부 마련되어 있었다. 단 며칠 만에 쉽게 시작했다.

줄거리를 짜고, 등장하는 캐릭터들의 성격을 만들고, 샘플로 몇 컷을 그렸다. 준비가 되었다고 느꼈을 때쯤엔 콘티를 그렸다. 이때까지만 해도 즐거웠다. 처음 해보는 일이라 활력도 느꼈다. 좋은 기분을 가지고 그림을 한 컷씩 끝냈는데 어느 순간부터 힘이 들기 시작했다. 한 편에 20컷 정도를 그리며 진이 다 빠졌다. 웹툰 작가가 되고 싶었던 것도 아니라서 인내와 끈기도 없었다. 처음으로 그림 그리는 게 싫어졌다. 매주 한 편씩 10편 정도를 간신히 업로드하다가 결국 도망쳤다.

그 이후에도 내게 웹툰을 그려보라고 말하는 사람들이 있었다. 그러나 웹툰에 도전했던 기억이 떠올라서 나도 모르게 얼굴을 구긴다. 시도했으나 고통의 시간이었다고 구태여 말을 덧붙이진 않았다. 조용히 내가 할 일이 아닌 것 같다고 둘러 말했다. 역시 웹툰도 만드는 것보다 보는 게 몇 만 배는 더 재밌다.

웹툰 대신 요즘에는 짧은 만화를 그린다. 기본적으로는 네 컷에 맞춰 그리려고 하지만 두 컷일 때도 있고 열 컷이 넘을 때도 있다. 여러 도전을 해본 결과 네 컷 정도면 내가 매일 즐겁게 그리며 이야기할 수 있었다. 긴 이야기든 짧은 이야기든 네 개의 컷에 함축해 구성하려고 용쓰는 것도 재밌다.

이제 나는 나에게 적절한 방식과 그림체를 가지게 되었다. 덕분에 그림을 그릴 때면 얼굴에 미소를 머금게 된다. 재밌게 즐기고 있다. 오래오래 그리고 이야기하고 싶다. 내가 원했던 그림 생활이다.

#내가 좋아하는 건

그냥 만두가 아니라 맛있는 만두
맛있어!
냠냠

아무 음악이 아니라 좋은 음악
좋다

아무나가 아니라 좋아하는 사람
나 너 좋아해
갑자기 왜 그러지?

지금 이대로의 내가 아니라
나아지려고 노력하는 나
이렇게 하면 되겠다

아무래도
필요해

남편과 산책하던 도중에 손가락만 한 애벌레를 발견했다. 도로와 풀숲 사이를 느리게 지나가던 애벌레는 산책길에서 쉽게 눈에 띌 정도로 커다랬다. 연두색 몸에 빨간 뿔이 달려 있었다. 통통하고 커다란 애벌레가 귀여워서 산책을 멈추고 한참을 보았다. 이런 귀여움을 놓칠 수는 없으니 핸드폰 카메라로 애벌레의 움직임을 찍어 남겼다.

산책길은 사람도 많았고 종종 차까지 다니는 곳이었다. 애벌레가 유유자적 거닐기에 위험하다는 생각이 들었다. 조심스레 애벌레의 앞길을 작은 돌멩이로 막아내며 산책길 옆의 풀숲으로 방향을 틀어주었다. 우리의 마음을 알아챘는지, 아니면 우리가 공격할까 두려워서였는지 애벌레는 안전한 곳으로 부지런히 움직였다.

한동안 애벌레가 머릿속에서 떠나지 않았다. 틈만 나면 그날 찍은 동영상을 보았다. 꼬물꼬물 움직이는 귀여운 애벌레가 자라서 어떤 모습이 될지 궁금해졌다. 잠깐의 만남이 여운을 남겼다.

예쁜 나비가 된 애벌레의 모습을 상상하면서 그날 본 애벌레의 특징을 검색창에 입력했다. 연두색 머리에 빨간 뿔. 이것을 시작으로 조금씩 검색어를 수정했다. 시간이 얼마나 흘렀을까. 드디어 애벌레의 이름을 알 수 있었다. 애벌레는 장차 박각시라는 나방으로 자라게 될 것이다. 귀여운 애벌레는 내가 생각하기에 다소 징그러운 모습이 되었다. 나비를 상상했던지라 아쉬운 마음이 들기도 했다.

한편으로는 이름을 아는 애벌레가 생겼다는 사실이 신기하고 즐거웠다. 우연히 박각시나방과 애벌레를 만나면 반갑게 알은체를 할 수 있게 되었다. 남편에게도 우리가 만난 애벌레의 이름을 알려주었다. 나방을 싫어하는 남편은 얼굴을 찡그렸다.

강아지와 산책하던 어느 날에는 주먹보다 작은 나비가 날아다니는 것을 보았다. 검은색 몸에 파란 무늬가 있는 나비였다. 나비가 내 근처로 날아오더니 바닥에 살포시 내려와 앉았다. 평소 쉽게 만날 수 있는 흔한 나비는 아닌 것 같았다. 언젠가 책이나 영화 포스터에서 만나본 것 같은 멋진 나비였다. 다음 날, 같은 장소에서 그 나비를 운명처럼 다시 만났다. 날아다니지 않고 바닥에 가만히 앉아 있었다. 죽은 걸까? 자세히 들여다봤지만 알 수 없었다. 여전히 아름다운 나비의 모습을 이번에는 고스란히 눈으로만 담았다.

애벌레를 알아봤듯이 집으로 돌아와 나비의 이름을 찾기 시작했다. 사진을 찍어두지 않았기에 정확한 모습이 기억나진 않았지만 내가 본 검은색 몸의 파란 무늬를 가진 나비는 '청띠신선나비'가 아니었을까 한다. 검은 나비 중에 현실적으로 우리 동네에서 발견될 확률이 가장 높은 나비였다. 근처 산속에서 살던 나비가 여기까지 날아온 것으로 추측해보았다.

종종 자연에 왕성한 호기심을 가진 나에게 놀란다. 아무래도 자연을 좋아하나 보다. 자연에 대해 아는 것은 별로 없지만, 알고픈 것은 많아서 자연도감 하나를 사볼까 고민하고 있다. 책 한 권으로 자연을 읽어낼 수 있다면 인식하지 못하는 사이에 자연 속에 있는 수많은 것들의 이름이나 특징을 알게 되지 않을까? 그런 사람이 되면 멋있겠다. 걷다가 만난 자연의 이름을 아는 것, 그게 무엇인지 알아차리는 것. 아무래도 필요하다. 자연도감이 있으면 좋겠다.

#자연에게도 휴식이 필요해

내 인생의
숙련자

서른다섯. 내 인생의 숙련자가 되었다. 여기서 '숙련'은 연습을 많이 하여 능숙하게 익힌다는 의미이고, 숙련자는 어떤 일에 능숙한 사람을 일컫는다.

'숙련'의 유의어로는 '세련'이 있다. 숙련과 세련이 비슷한 의미일 것이라고 생각한 적이 없어서 의아했다. 이제껏 나는 세련이란 단어를 멋짐을 표현하기 위해 사용했는데 국어사전에는 서투르거나 어색한 데가 없이 능숙하고 미끈하게 갈고닦음이라고 설명되었다. 세련, 이것도 지금의 나라고 할 수 있지 않을까? 나로 사는 데 어색하지 않고 능숙하게 잘 갈고 닦았으니 말이다.

나는 내 삶에서 능숙하다. 이렇게 확실하게 말할 수 있는 이유는 자신을 잘 알고 있기 때문이다. 무엇을 좋아하는지, 싫어하는지를 안다. 생각이 어디에서 어디로 흘러갈지를 안다. 물론 여전히 후회하고 실수할 때가 있지만 전보다는 많이 줄었다. 시시때때로 변화하는 감정도 잘 다스릴 줄 알게 되었다. 그리고 어떻게 살아가고 싶은지를 알고 있다. 내 인생에서 세련된 사람이 되었다는 것은 삼십 대에 얻은 쾌거 중 하나다.

나의 십 대를 떠올려본다. 내가 누구인지, 어떤 사람인지, 무엇을 좋아하는지 알아갈 시간이 충분하지 않았다. 십 대의 끄트머리에 있는 입시를 위해 많은 시간을 할애해야 했다. 진심으로 좋아하는 것을 깨닫기도 전에, 내 성적으로 갈 수 있는 대학교와 합격할 수 있는 점수를 달달 외우고 살았다. 물론 거스르고 싶을 때도 있었다. 하지만 입시를 제대로 해내지 못하면 인생이 통째로 엉망이 될 거라는 두려움에 저항할 수 없었다. 내 점수가 미래를 결정할 것이라고 닦달하는 세상에 시달리느라 나를 돌보거나 내 생각을 물을 여유는 당연히 없었다.

이십 대는 확실히 자유로웠다. 어른이 되었고, 드디어 두 발로 설 수 있게 되었다. 전에는 경험해본 적 없는 많은 사건과 상황들이 찾아왔다. 많은 사람을 만났고 어른의 세상을 맛보기 시작했다. 힘들고 바빴으며 재밌고 즐거웠다. 분명 무언가를 쉬지 않고 하면서도 좋은 건지 아닌 건지 주관적인 호불호는 깨닫지 못했다. 내 마음의 소리보다 다른 사람의 소리에 귀 기울이느라 많은 시간을 허비했다. 지금 생각해보면 그때의 나는 몸도 마음도 내내 부유하고 있었다.

하지만 삼십 대가 되며 달라졌다. 목적 없는 달리기에 의문을 품었다. 의미를 찾기 시작했다. 본질이 무엇인지 확신할 수 없어도 그것과 가까워지고 싶었다. 세상을 바라보고 있던 시선을 나에게로 돌렸다. 그제야 스스로를 생각해볼 수 있었다. 나를 돌보는 마음이 생겼다. 내가 서 있는 자리에서 나를 탐구하는 시간을 가졌다. 치열하게 나에게 관심을 가졌다.

지난 삼십 년은 나로 살기 위한 길고 긴 연습 시간이었다. 자신에게 미숙했던 십 대와 이십 대가 있었기에 지금의 나로 서게 되었다. 정답을 찾고 싶어서 아주 오랫동안 하나씩 부딪히며 실패하고 포기하고 도전했으며 넘어졌다가 도망가기도 했다. 결국 나는 내가 원하는 것들을 찾아냈다. 조금이라도 더 나은 삶을 살기 위해 노력했다. 그리고 지금, 내 인생의 숙련자로서 세련된 삶을 꾸릴 수 있게 되었다.

사람이라면 으레 그렇듯 한 살 한 살 먹으며 늙어간다. 나이와 맞바꾸어 얻게 되는 귀중한 것들이 있다. 그것들을 천천히 하나씩 찾아내고 있어 다행이다. 마흔이 되어도, 쉰이 되어도 귀중한 것을 찾아내고 싶다. 그리고 말하고 싶다. 사십 대도 좋다고. 오십 대도 좋다고. 계속 살아봐야겠다.

#울타리 나무

나는 조금 더 멀리 보기로 했다

내가 선택한 행복

마냥 놀고 싶어지는 날이 있다. 분명 일을 해야 하는 평일이고 해야 할 일도 있는데 이상하게 몸이 말을 듣지 않는다. 그럴 땐 빠르게 머리를 굴려 계산한다.

1. 내일 당장 끝내야 할 급한 일이 있는가?

2. 빨리 끝내야 할 필요가 있는가?

없다. 그럼 하루 쉬었다 갈까?

오늘 하려고 했던 일은 내일로 미뤘다. 노트북을 끄고 조명도 껐다. 책상을 간단하게 정리하고 거실로 향했다. 쉬기로 결심했다면 일하는 곳에서 가장 먼 곳으로 피신해야 하는 법이니까. 한낮의 이불 속은 밤보다 달콤하다. 나는 침대 한가운데에 누워 리모컨을 들었다. 어디 한번 잘 쉬어보자!

종일 영화 몇 편을 연달아 봤다. 침대 위에서 뒹굴다가 책을 읽었다. 그러다 다시 TV로 시선을 돌렸다. 낮잠도 푹 잤다. 하고 싶고 쉬운 일만 했다. 매일 이렇게 놀고 싶었다. 실컷 게으른 순간이 행복했다. 한편으로는 다가올 내일이 불안해지기도 했다. 하지만 그마저도 내일로 미루기로 했다.

다음 날이 되었다. 일하지 않은 대가를 처절히 치르게 되었다. 정해진 일정을 맞춰야 했으므로 평소보다 두 배의 일을 해야 했다. 무리를 해서 손목과 어깨가 결리고 아팠고, 쉬고 싶어도 숨 돌릴 틈조차 생기지 않았다. 몸이 아프고 머리는 복잡하니 불행한 사람이 되었다. 즐겁고 행복한 어제를 보낸 나의 오늘은 꽤 색다른 하루였다. 하루아침에 다른 세상에 떨어진 것처럼. 아니지. 어제의 행복을 선택한 대신, 오늘의 행복을 포기한 것이다.

나는 즐거운 어제를 위해 오늘의 소소한 행복을 대출했

다. 오늘 쉴 틈, 여유 부릴 수 있는 틈을 이미 다 써버린 것이다. 오늘은 그것을 갚으면서 주어진 일까지 해야 하니 당연히 불행할 수밖에 없다. 이 고생은 이자였다. 이자가 만만치 않았다. 차라리 어제의 이자라서 이 정도에 그친 것이다. 만약 내일의 소소한 행복까지 끌어다 며칠에 걸쳐서 사용했다면 어마어마한 이자를 물어야 했을 것이다. 그러다 말미에는 일을 마치지 못하는 무시무시한 벌을 받게 되었을지도 모른다. 즉, 대출은 감당할 수 있을 만큼만 해야 한다.

하루의 시작과 끝에서 매 순간 선택이 필요하다. 하루의 행복과 불행을 선택할 수 있는 자격이 나에게 있다. 내 선택은 고스란히 나의 몫이니 내가 감당해야 한다. 어느 누구에게도 불평할 수 없다.

우리는 언제나 선택의 기로 앞에 선다. 늦은 밤의 유혹을 뿌리치지 못하고 야식을 선택하면 다음 날 아침에는 속이 불편할 것이다. 원치 않던 살도 얻게 된다. 쉼을 위해 일을 미루는 선택을 하면, 내일 더 많은 업무를 처리해야 한다. 충동적으로 구매한 물건이 며칠이 지나자마자 내게 불편한 존재가 되는 것도 감수해야 한다.

어떤 선택이 나에게 유리한지는 서른이 넘으며 어렴풋이 알게 되었다. 조금만 생각해봐도 나의 오늘과 내일에 어떤 영향을 미칠지 안다. 순간적인 귀찮음과 충동으로, 나에게 굳이 주지 않아도 될 불행을 선물하고 싶지는 않기에 매번 신중해진다. 매일 적당한 행복과 불행을 골고루 두며 살고 싶다.

#행복의 문턱

밥이 잘 지어지면 행복하다
밥이 잘 됐네
고민하다 산 과일이 맛있으면 행복하다
맛있어!
강아지를 바라보고만 있어도 행복하다
으아아
하늘이 예쁘면 행복하다
하늘 봐..
행복으로 가는 문턱이 낮아도 너무 낮다
그마저 행복하다

오래
하고 싶은 일

최근 몇 년간 거의 매일 글을 썼다. 한 문장일 때도 있었고, A4용지 몇 장을 빼곡히 채운 적도 있었다. 내 이야기를 쓰는 시간에 전보다 익숙해졌다. 미니멀리스트가 되었을 때도 그 변화를 가장 먼저 글로 썼다. 시작부터 내가 겪은 일련의 과정을 차근차근 써나갔다. 그다음에는 유튜브 채널을 만들어 내 이야기를 영상화해 올렸다. 내 이야기를 담은 영상은 생각보다 많은 사람이 봐주었고, 그게 신기했다. 내 작업물을 이렇게 많은 사람이 봐준 적이 없었다. 방구석 창작자가 세상으로 나오게 된 것, 한 번도 예상해본 적 없는 관심을 받게 된 것은 나에게는 큰 의미로 다가왔다. 계속 창작하며 살아가도 되는 이유를 찾은 것 같았다.

나의 이야기는 한 권의 책이 되기도 했다. 내 영상과 글이 운 좋게 편집자에게 발견되어 첫 책을 출간하게 되었다. 첫 책인 《집안일이 귀찮아서 미니멀리스트가 되기로 했다》는 비교적 쉽게 출간되었다. 지금껏 쓴 글과 유튜브 채널에 올라간 이야기를 손보고 몇 편의 글을 새로 써서 추가하기만 했다. 계약 후 일정에 맞춰 6개월 만에 책이 수월하게 출간되었다. 다행히 많은 사람에게 사랑받는 책이 되어, 중쇄까지 찍는 행운을 얻었다. 초심자의 행운이었던 걸까?

첫 책이 출간된 다음 달에는 무려 두 번째 책을 계약했다. 처음이자 마지막이 될 줄 알았던 출간 경험에 또 한 번의 귀한 기회가 생겼다. 두 번째 책은 결혼 생활에 관한 에세이였다. 첫 번째 책도 수월하게 해냈으니 이번에도 쉽게 해낼 수 있을 줄 알았다. 3개월이면 다 쓸 수 있겠지? 호기롭게 생각했지만 큰 착각이었다. 써둔 글을 수정해서 책을 만드는 것과 아무것도 없는 빈 문서를 서른 편이 넘는 글로 채우는 것은 정말이지 다른 문제였다. 초보의 용기가 등장할 수도 없었다. 빈 문서를 노려보고 또 노려보다가 글 쓰는 일이 여간 쉬운 일이 아니라는 것을 깨달았다.

나는 계속 이런 상태였다. 첫 번째 책을 냈으니 나도 어엿한 작가인데 고작 이정도밖에 못 쓴다고? 여전히 알아가는 과정이었기에 방향성을 잡는 것만으로도 어려웠다. 어떤 이야기를 어떻게 써야 할지 고민되었다. 내 글쓰기 능력의 밑천이 다 드러난 느낌이었다. 혼란스러운 시간을 보내기도 했다. 몇 날 며칠 한 자도 쓰지 못한 채 시간을 보냈다. 사실은 손끝이 저릴 정도로 고통스러웠다. 감을 잡지 못한 채 하루를 멍하게 보내다가, 스트레스를 잔뜩 받다가 나를 자책했다. 혼자 다양한 장르의 드라마를 몇 편씩 찍었다.

포기해야 하나?

계약을 파기하고 이 도전은 관둬야 할까?

그러나 이대로 물러서면 영영 글을 쓰지 못할 것 같았다. 포기하고픈 마음을 꾹 참았다. 세상에서 가장 시시한 결혼 생활에 대해 쓰기로 결심한 뒤 나는, 힘을 쭉 빼고 처음부터 다시 한 자씩 써 내려갔다.

'책을 쓴다'는 말 뒤에는 숨겨진 것들이 많다. 그래서 쓰는 과정이 쉽지 않다. 첫 번째 책을 쓸 때는 그저 책을 출간한다는 사실에 심취해 신이 났고, 두 번째에는 출판계를 경험하면서 어떤 시야가 생겨버렸다. 잘 팔려야 할 텐데, 사람들이 좋아해야 할 텐데. 내 책이 재미없다는 평가를 받거나 부족한 실력이 독자들에게 들통날까 두려운 마음이 모여 초보 작가를 괴롭혔다.

숱한 고난의 시간을 보냈다. 창작의 고통이 아니라 내가 한 계단 성장하는 시간이었다. 운 좋게 책을 낸 사람이 아니라 글 쓰는 게 일이 된 사람이 되는 일련의 과정을 겪었다. 나는 여전히 배움의 과정 위에 놓여 있고 어제보다 오늘의 내가 조금 더 잘해내기를 바란다.

나는 결국 무사히 두 번째 책을 끝냈다. 해낼 수 있었던 것은 내가 글을 잘 썼기 때문이 아니다. 그저 글쓰기를 순수한 마음으로 좋아했기 때문이다. 특별하지 않은 말들이 모여 한 단락을 만들고 한 편이 되는 과정이 여전히 신기하고 재밌다. 문장을 조금만 다르게 써도 느낌이 달라졌다. 장난감 블록을 가지고 노는 것과 비슷하다. 내 손으로 무언가를 만들고 끝내는 기분. 그게 참 좋다.

좋아하는 일을 잘하려는 마음에 힘이 잔뜩 들어간다. 어쩔 수 없다. 좋아하는 일을 오래 하기 위해서 부담을 내려두었다. 그렇게 한 걸음 더 나아갔다.

그리고 이제, 세 번째 책이 끝났다. 이 책은 내 모든 과정의 산물이다. 나는 여전히 내가 잘 지내기를 바란다.

#안갯속으로

내가 걸어온 모든 길처럼

{ 마음 성장을 위한 질문지 }

이 질문지는 무심코 지나친 일상에서
간과되었을지도 모르는 여러분의 마음을 위하여 작성되었습니다.
제법 괜찮은 어른이 되어가기 위한 여정에 도움이 되길 바랍니다.
가벼운 마음으로 질문에 응답해주세요.

#1 어떤 상황 혹은 사람에게 화를 내게 되나요?

#2 남들이 좋아하는데 당신은 싫어하는 것이 있나요?

#3 내뱉고 나서 후회하게 되었던 말이 있나요?

#4 마음이 엉망이 되었음을 알게 해주는 증상은 무엇인가요?

#5 편견이 부서진 적이 있나요?

#6 스트레스를 어떻게 극복하고 있나요?

#7 불안해지는 순간은 언제인가요?

#8 단점이라고 생각했던 특징이 장점으로 바뀐 적 있나요?

#9 미련으로 남은 것이 있나요?

#10 상대가 나를 불쾌하게 만들면 어떻게 대처하나요?

#11 좋아하는 대상을 만나면 어떻게 마음을 드러내나요?

#12 제멋대로 살 수 있다면 어떻게 살고 싶나요?

#13 오늘 당신을 아주 작게라도 행복하게 만든 일은 무엇인가요?

#14 머나먼 미래에 어떤 모습을 꿈꾸나요?

좋은 인생이 될 수 있으므로

지난 주말에 영화를 보았다. 쌓인 일들에 쫓기느라 마음 편히 영화를 볼 시간이 없었는데, 오랜만에 느긋한 마음을 가지고 영화를 보았다. 나른한 오후에 머릿속은 텅 비워두고 몸은 최대한 편안한 상태로 영화를 재생시켰다.

내가 본 영화는 히어로가 주인공이었다. 장면 곳곳에서 자본의 힘을 잔뜩 느낄 수 있었다. 히어로물은 돈 쓴 티가 팍팍 날수록 볼 맛이 난다. 잠시도 눈을 뗄 수 없게 만들어진 영화에 깊게 빠져들었다. 영화를 보는 내내 재밌다는 말만 반복했고, 눈이 즐거워서 무척 신이 났다. 단 일 초도 아깝지 않은 만족스러운 영화였다.

다음 날에 우연히 그 영화의 리뷰를 보게 되었다. 나는 종종 영화를 보고 난 후에 다른 사람들이 남긴 평가를 찾아보았다. 영화가 정말 너무 좋아 다른 사람의 감상평을 공감하고 싶거나, 혹시라도 내가 놓친 부분이나 숨겨진 의도를 알아보고 싶을 때 리뷰를 찾는다. 이번에는 굳이 찾아보고 싶은 마음이 들지는 않았다. 내가 보고 느낀 만큼만 영화를 즐기고 싶었다. 그러다 우연히 다른 사람의 감상평을 보게 되었다.

그 글에는 영화에 대한 실망감으로 가득했다. 감독의 연출력에 관한 아쉬움과 내용 전개에 대한 지루함을 언급했다. 필자는 아무래도 영화에 큰 기대를 했거나 조목조목 세심히 감상해야 하는 직업을 가지고 있는 것일지도 모르겠다. 내 감상과 전혀 다른 감상을 읽고 내가 한 생각은 하나였다.

'다행이다. 나는 이 영화를 재밌게만 볼 수 있어서.'

리뷰를 쓴 사람과 나는 동일한 영화를 보고 상반된 평가를 했다. 사실 나는 이 영화에 대해 큰 기대감도 없었고, 장면을 세심히 따져가면서 볼 만큼의 깊은 정보나, 영화를 향한 뛰어난 안목이 없었다. 어쩌면 영화를 감상하는 마음가짐부터 달랐을 수도 있다.

그래서 다행이었다. 나는 감상자로서만 영화를 보고, 재밌다는 말처럼 짧고 간략한 문장으로 평가를 끝낼 수 있는 사람이었다. 가벼운 마음으로 즐기고 볼 수 있다는 사실이 기뻤다. 간단하게 좋은 영화였다고 말할 수 있어 좋았다.

별안간 나라는 영화가 있다면 어떨까 떠올렸다. 누군가는 나를 두고 별 하나도 아까운, 실망스러운 영화라고 할지도 모른다. 누군가는 별 세 개를 주면서 좋지도 나쁘지도 않은 무난한 영화라고 말할 수도 있다. 또 나를 좋게 본 누군가는 별 다섯 개를 주면서 정말 재밌고 유쾌한 영화였다고 평가할지도 모른다.

나는 내가 별을 다섯 개 주고도 부족하다고 말하는 사람이기를 바란다. 그럼 나라는 영화는, 그리고 그 안의 인생은 좋은 삶이 될 수 있다.

나라는 영화가 재생되는 내내 나는 더 자주 실망하고, 아쉬워하고, 진행 속도에 답답해했다. 좋은 부분보다 나쁜 부분,

별로인 부분, 불만족스러운 부분을 찾아 조목조목 따지면서 별 하나를 주기도 아깝다고 말했다.

이제 나는 내 인생이 어디로 흘러가든 어떤 식으로 전개되든 연연하지 않기로 했다. 살아가는 순간들을 좋아하는 사람이 되었으면 좋겠다. 별의 개수에 개의치 않고 내 인생을 좋아하는 사람이 되고 싶다.

실은 그렇게 되어가는 중이다.

내가 잘 지내면 좋겠어요

초판 1쇄 2022년 1월 2일

지은이 에린남

발행인 유철상
기획·편집 정유진
편집 정은영, 박다정
디자인 노세희, 주인지, 조연경
마케팅 조종삼, 윤소담
콘텐츠 강한나

펴낸곳 상상출판
출판등록 2009년 9월 22일(제305-2010-02호)
주소 서울특별시 성동구 뚝섬로17가길 48, 성수에이원센터 1205호(성수동2가)
전화 02-963-9891
팩스 02-963-9892
전자우편 sangsang9892@gmail.com
홈페이지 www.esangsang.co.kr
블로그 blog.naver.com/sangsang_pub
인쇄 다라니
종이 ㈜월드페이퍼

ISBN 979-11-6782-047-1 (03810)